JN105276

万里の長城。「囚人部隊、長城に全滅す」の舞台となる地域は北方に長城、その北側に内モンゴル、西方は山西省に隣接していた。深い山峡がつらなり、絶壁、黄土の壁面、砂礫地帯や黄土の盆地などが見られた。乾燥状態のときは黄塵が舞い、雨が降れば泥濘の難路となる、荒漠の地であった。

(上)中国大陸にて九二式重機関銃を装備する部隊。(下)最前線に弾薬を補給すべく前進する輸送部隊。国府軍、中共軍の戦域を突破しようとする部隊は二つの強大な敵を相手にしなければならなかった。

NF文庫
ノンフィクション

新装版

井坂挺身隊、投降せず

終戦を知りつつ戦った日本軍将兵の記録

棋本捨三

潮書房光人新社

井坂挺身隊、投降せず——目次

囚人部隊、長城に全滅す

井坂挺身隊、投降せず

井坂挺身隊、投降せず

四人部隊、長城に全滅す

地獄送り

河北省の最北西端、双竜の派遣班一個分隊と、竜泉関にある警備隊が全滅したのは昭和二十年五月初めのことであった。

竜泉関の北方四十余キロには腰荘という名ばかりの集落がある。双竜は腰荘と竜泉関の中間で竜泉関寄りの地点にあった。竜泉関のすぐ西側は、腰荘から折れた長城線が正太線娘子関（じょうしかん）に向かって南下し流れているのだ。

この物語の背景となる地域全体を、いま少し書いておくこととしよう。

視野の向こうの果て北側に、煙るように、ゆるい起伏を示しているのは万里の長城である。その北側は、蒙古連合自治政府であった。だれも、こんな長ったらしい名前では呼ばない。徳王を主席とする独立国で、簡単に外蒙に対して内蒙古と呼んでいた。

だが、日本軍の管轄は、内蒙のいわゆる駐蒙軍も、北支方面軍の隷下に属していた。

西方は山西省に隣接して、深い山峡が重なり、ある時は西部劇の舞台にでもなりそうな奇岩が、長年の風雨に露頭をさらしていた。長い歳月の歴史を語るように露頭の先はまろく角がなかった。

奇岩絶壁があるかと思うと、ある地帯は黄土の壁面を見ることができ、また、不毛の砂礫地帯や黄土の盆地が展開する。乾けば黄塵、降れば泥濘の難路に変化する。

地にひき込まれるような荒涼とした侘しい自然よりも、さらに、ここにおかれていた駐屯隊のたたずまいといえば、もっと地獄を思わす荒漠さにあけくれるのであった。

竜泉関警備隊とは名ばかりで、少尉を長とする兵三個分隊たらずで警備されていたのである。さらに、双竜の派遣班に至っては、軍曹を長とした兵一個分隊で、警備の本務も、対敵守備や、治安維持を任とするものではなく、戦史には一行も書かれていない囚人部隊の警備兵にすぎなかった。

正式に警備兵とか、囚人部隊などという名称はない。いわば戦史の裏面にかくされた恥部ともいうべき消耗品の男であり、兵すらも、それに近いものが選ばれて双竜に出されるのであった。

看守の任務についているのは、もちろん正規の兵隊には違いなかったが、おおむね、上官に敵意をもったものとか、憎まれもの、あるいは、隊内のいわくつきの兵によって構成されていたというのが正しかったかもしれない。

毒をもって毒を制す、忘れられた部隊であり、捨てられた小部隊であった。

双竜の囚人隊の看守兵にまわされることを、兵隊たちは『地獄送り』と名づけてきらった。囚人が地獄送りといって敬遠するのはわかるとしても、兵隊の方がいやがるくらい、ここは危険で暗い生活に閉ざされていたのだ。

囚人の給与も悪く、ただでさえ凶悪な囚人たちは、日本軍の頽勢を敏感にその肌で感じとっているのか、何かにつけて狂暴になっていた。ピンをはねるほどの給与など上からまわってくるはずがないのだが、自分らの食うもの、煙草、日常品をかすめていると、反抗の材料にするのだった。過去に何回か兵と囚人との間には殺傷事件が起こっている。

だから、いわくつきの兵隊ですら、地獄送りと呼んでここへやられるのを敬遠する。数においても敵ではないし、一刻の油断もできない無頼の徒の集団だったからである。

少ない兵隊で監視するのは危険だったが、兵力をこれ以上さくこともできない。地獄送りになった兵隊たちは、彼らを冷酷に手荒く扱うどころか、とぼしい煙草や酒保で手にいれた甘いものをこっそり、ボスと思われる連中に分けてやり、気をつかって事の自分の身辺に起こらぬよう機嫌さえとる傾向があった。充分な兵器は所持していても、荒っぽい多数の囚人を相手に、もっと利口な保身術を使うのが賢明である、といつのまにか、そんなふうに馴らされてきていたのだ。

いったい「囚人部隊」などというものがあったのか、と疑問をもつ人も多かろう。たしかに、正式に、そのような呼称はなかった。ただ、何十人か、何百人かが集まって一つの集団を形成し、それが軍によって使役されたという意味から、かりに私が、そう呼んでおくのである。

が、その存在すら信じない人が多いのではないかと思われるので、いちおう、事実について一、二の例をあげておくことにしよう。海軍では、南方諸島の飛行場設定や陣地構築にこれを用いた。

また、日本の戦況が悪化しだしたころ、満州国の日本人既決囚たちに、秘密裡に軍事教練をほどこしていたことは、これも知る人は少ないが、否定できぬ事実であった。

終戦後、ソ連の軍事裁判で、石井中将の細菌戦の戦争犯罪が明るみに出たが、この犠牲者である死刑囚は、ハルピンの北方にあった公称防疫給水隊へ移送されるときは、これを丸太と呼んでいたのである。

これから書こうとする囚人部隊も、丸太同然、生命の保証も、未来すらももつことのできない不運な男たちであった。軍にすれば社会のゴミであり、人間のクズである囚人に対して、国家が多少なりとも祖国に役立つ死に場所を与えてやっているのだということなのだろう。だから、公刊の戦史などには決してはっきり書かれてはいない。

そのいい例として、最前線の慰安婦を記す文章に『他ニ邦人約何十名』などという表現が見られる。よく調べてみると、それは民間の御用商人や使役の人夫ではなく、慰安婦であることが多い。

双竜へ出ていた約百五、六十名の囚人部隊も、そういう意味では、一行の記録もなく、もちろん、戦史には記されない集団だったといえよう。

敵襲の多い、最前線の危険地帯が、常に、かれらのおかれる場所であり、任務といえば、地雷撤去作業とか、陣前の壕掘りなどに従事させられるのだ。

脱走すれば兵と同じで敵前逃亡の罪で射殺される。仲間同士の殺傷ざたで死ねば、文字どおりの厄介ばらい、消耗品なのだから、もちろん闇から闇であった。

軍曹風早祥二が、この看守の長として、単身、双竜へ所属がえを命ぜられたとき、かれは、はっきりと、自分の前途に横たわる運命を知り、二、三ヵ月前から抱いていた感情にふんぎりをつけるときがきたことを知った。

かれは、北京で生まれて、北京で育ち、その後上海に移り、東亜同文書院を出た。そんな関係で、中国人の友人も多く、日・中が敵味方に分かれて血みどろの戦いをつづけていることにも、大きな疑問を抱いていたのであった。といって風早は進歩主義者でもなく、まして、反戦思想の持ち主というわけでもなかった。

この戦域で、風早軍曹の履歴は、有利でなければならないはずであったが、逆に、半年前、着任した小隊長は、風早の履歴に妙な疑問をもった。中国生まれであるということ、国府軍にも、中共軍にも、若いころの友人がいるらしいということが、小隊長、殿村小尉の心にひっかかっていた。

というより、隊内における軍曹の評判が、任官そうそうの、とくにこの地方の戦域に未経験であった少尉に、ひそかな劣等感を軍曹に対して抱かせたためであったかもしれないのだ。むしろ、それは上級者が下級者に抱く不可解な嫉妬（しっと）と思われる感情を抱いたといった方が妥当だったのではないだろうか。

殿村少尉は、風早の兵の掌握ぶりと、この戦域の対共戦闘、対民工作に発揮した手腕を、巧妙に利用することが、いかに自分にとってプラスであるかを考えるべきであったのに、少尉は、すくなくとも隊長である面子（メンツ）を傷つけられるように感じたのであった。

着任以来、殿村小隊長はただの一度も、風早軍曹の意見をとりあげたことはなかった。風早の意見をとりあげるどころか、軍曹の意見具申に対する決定は、いつも、反対の行動によって現わされるのであった。その結果としてこの五ヵ月の間に、三回の失敗を、少尉は経験したのだ。

かれら二人は会ったその時からウマが合わなかったのだ。少尉と、軍曹とは、容貌の点でも全く対照的であった。年が若いのに甘さがなく、渋くにがみばしった軍曹の精悍な容貌は、むしろ、将校の軍服が似合いそうで、殿村少尉の誇りを傷つけた。

少尉自身の過失か、親たちの責任だったのかどうかはわからなかったが、少尉の左頬から下顎にかけて大きな火傷のひきつりがあった。この醜さが、少尉を歪めていたのか、部下の欠点やアラを、求めてさがす底意地の悪い性格を持っていた。

兵隊たちは、少尉の陰口をきく、そのときいつも引き合いに出すのが、風早軍曹のことであった。これは風早にとっては全くありがた迷惑なひいきの引き倒しであった。

が、最前線でほかに楽しみらしい楽しみのない兵隊たちにとって、手近な上官の悪口や陰口をきくのは愉しみの重要なことの一つのようであった。

少尉にとってがまんならないことは、討伐や警備に出る際、少尉についてゆくことをきらう兵隊が、軍曹となら喜んで行くということであった。もちろん、命令でいやとはいえないが、言えないだけに態度で露骨にあらわす。

『隊長と行くのは殺されに行くようなものだ』

殿村小隊長は臆病者ではなかった。むしろ、その逆で、暴勇ともいうべき猪突ぶりを発揮しては、指揮下の兵隊を危険にさらすことが多かった。

これも見方によると、風早軍曹に対する殿村少尉の反動的行動のあらわれともみられるのだ。

この土地や風習、敵の便衣や密偵の動きに明るい軍曹の行動は、少尉の目から見れば、勇気を欠いた臆病者に見えたかもしれなかった。が、実際には、少尉の指揮の方が拙劣であったのだ。

情況判断や指揮の拙劣なことは、すぐ生命の危険を意味する。だれもつまらない死に方はしたくはない。どうしても、軍曹の指揮下にはいっての討伐や戦闘の方を歓迎する。これは、ここの守備隊長としてがまんならないことであった。

五ヵ月の間に、三度の失敗で損害を出したことも、少尉は自分の責任と感ずるよりも、軍曹への反感によるものと、転嫁（てんか）して考えるのであった。軍曹が、自分の手もとにいなければ、自分は、もっと自由な判断で裁断を下すことができる。

殿村少尉が、風早軍曹の地獄送りを心の中できめていたのは、一ヵ月ほど前からであった。

風早軍曹は、囚人部隊の看守の長としとは理想的な男だったかもしれない。少尉と軍曹との間に、鬱積した感情もなく、今までの行きがかりがなかったなら、少尉のこの命令は不正とばかりはいえないものであったろう。

しかし、日ごろの二人の対立から、正しい配置がえであると、風早本人はもちろん、ほかの兵隊も考えはしなかった。むしろ、悲劇は二人のこの対立感情の中に胚胎（はいたい）していたのだといえよう。

不可解な部隊

五月三日。

風早軍曹は、命を受けて単身、双竜に向かった。見送る部下の目つきには異様に陰悪な光がただよっていた。

『つまらん考えはもつなよ、おれがいなくなれば隊長もよくなるさ』

これは偽らぬ風早の考えであった。たぶん、どっちかがいなくなれば、竜泉関警備隊の空気も、いくぶんいい方に変わるに違いない。

風早が出発して、しばらく後であった。竜泉関と思われる方角に、空襲のすさまじい地鳴りのような轟音をきいた。

その轟音は、相当長く、反復してきこえていたが、ずっと北方で、遠雷をきくような爆撃の響きを耳にした。

ふと、警備隊へ戻ってみようかと思ったが、命令をうけて双竜へ出発するのが自分の任務だったと思いかえして足を早めた。

しかし、双竜のすぐ手前まで近づいたときである、風早軍曹は自分の目を疑った。作業についていた百数十名の累々たる囚人の死屍であり、双竜の派遣班のあるべき位置には、建物の類は跡かたもなく潰滅していた。

在支米空軍シェンノート少将指揮下の第十四爆撃隊によるものか、または、国府空軍が、河北省の北西方の囚人隊を、日本軍の前進基地の構築と誤認してこの行動に出たものか、それは風早の知るところではなかった。

風早軍曹は、情況を確認するため、すでに跡かたもなかったが、兵舎と囚人監房用建物のあったと思われる方に近づいていった。

ここで、風早軍曹と、これから後、彼の生死をともにする生存囚人との奇妙な遭遇が行なわれたのだ。

囚人隊も予測もしなかった空爆に呆然（ぼうぜん）としていたところでもあり、風早も、生き残りの男たちを見て驚愕した。檻（おり）を出た豹や狼のような男ばかりなのである。

不意の風早の出現に、彼らが軍曹を、どう扱うか、また、軍曹が、生き残ったこの囚人たちを、どう処理すべきかは、将来も、むずかしい問題ではあるが、今、即刻この局面を有利に打開しなければならなかったのだ。

風早軍曹は、サックから拳銃を抜くと、構えたまま、囚人の頭数を数えてみた。十四人だった。警備兵の全員と、囚徒のほとんどが死滅してしまっているのに、どうしてこの十四名だけが生き残ったのか、と、トッサに浮かんだ、そんな疑問を解いているヒマはなかった。

その十四名のうち何人かは、兵隊の服を剝（は）ぎとって着用し、数名は銃器類を握って構えている。

風早は、ゆっくりと拳銃を腰のサックにおさめた。囚人たちに一瞬の安心感を与えておき、彼らが気を抜いた瞬時を利用して、すばやく手榴弾を取り出していた。風早は、初めから一定の距離を保っていたのであった。

手榴弾をつかんだ風早の構えにはいつでも投擲できるんだ、いや、投擲するぞという気魄が漲っていた。

「動くな」

風早軍曹は、さびのある声で威嚇し、調子をかえ、

「話しあわなくてはいかん。おれは、風早軍曹だ。見たところ、警備兵も、お前たちの仲間も戦死してしまったようだが」

たぶん、囚人らのこの中にはボスが存在するに違いないが、全くの烏合の衆であった。

空爆のあのすさまじさと、ここの実状から推して、竜泉関警備隊はおそらく全滅しているであろうが、いずれにせよ、自分の立場もこの男たちの処置についても、竜泉関警備隊の情況を視認したうえでのこととする以外手の打ちようがないと、風早軍曹は考えた。

とにかく、竜泉関へ至急戻ってみる必要があった。全滅していた場合、自分の決心を実行に移そう。全滅していなかった場合、この男たちの処置はおのずから決まるだろう。また、

殿村小隊長の三回の失敗は、多分、すりかえられて風早軍曹の責任として上司に報告されているだろう。でなければ、自分を地獄送りにする決定を承認させることもできなかったはずだ。双竜の囚人が潰滅してしまい、双竜の警備兵が全滅している以上、警備隊へ帰還して方針を定めるより道はなかった。

だが、風早軍曹は、檻から放されたこの豺狼たちをいかにして竜泉関へ連れてゆけばいいのか、一対十四である。とにかく、だまさないかぎり、連中の中には兵器を握っているものもあるのだ。

一か八かやらなくてはならない。

「実をいうと、おれは脱走してきたんだ」

風早は彼らに与えた自分の言葉の効果をはかりながら、囚人たちの目の動きをとらえていた。

「双竜へついてから、機をみて満州国へ、古北口から承徳へ逃げ込むつもりでいたんだが、ここが、これほどひどい状態では、食糧も武器も集めるわけにはゆかん。竜泉関の警備隊も全滅してしまったが、兵器や食糧が秘密倉庫に格納されてあるはずだ。そいつを取りに行こうと思うんだが」

囚人のなかにざわめきが起こったのは、竜泉関警備隊という言葉が出てからであった。

「お前たちはこれからどうするつもりか」

騒ぎは大きくひろがっていった。だいたいは、このまま逃亡するつもりらしいが、さて、どこへ逃げれば安全かで十四人が十四の異説をもっている模様であった。逃亡するとしても、食糧とか、敵の情勢などに何の知識もない十四人が、どういう方針のもとに逃避行を実行すればいいか皆目わからないというのが、風早の見た彼らの心の奥であった。

彼らに勝手にしゃべらせながら風早は、威嚇の態勢をくずさなかった。中に、殺意をふくんで、風早を処置してしまえと主張している私語も、風早の耳にはいるからであった。

「動いてはいかん、かたまっていてくれ、こいつを投げるのに不便だからな」

一人の男が顔をこっちに向けた。

「どうしようと、おれたちの勝手だぜ。おれたちを押さえようたって、おめえ一人なんだ、手も足もでやあしないさ。機関銃でねらわれたって逃げる奴もいるもんな、おめえはその機関銃さえ持ってねえんだ。亀ノ子の一つや二つ、べつにこわいとは思わねえぜ」

あとでわかったのだが、これがボス格の一人の蠍(さそり)と綽名(あだな)で呼ばれるやくざあがり、殺傷前科何犯というしたたかものだった。

十人近い囚人の気持ちは、せっかく生きのびたのだ、自由になったばかりなのに、ほんものの兵隊をこのままにしておく手はなかろう。殺(ば)らして、あとくされをなくしてしまえ、という意見が強かった。

十四人の男たちの表情は、人間ではなくけだものの集団であることを示している。もし、今の蠍と呼ばれていた男と、いま一人のボス格の男が一言でいい、片づけてしまえと命ずれば、この十四人は、何人かの犠牲者を出しても、風早軍曹に襲いかかってくるに違いなかった。

ただ、それが実行に移せないのは、この二人が迷っていることであった。彼らの迷いは、生命と自由への執着以外の何物でもなかった。大口をたたいても、鎖や手錠はないが、もっと大きな檻が、自分たちをとりつつんでいるのだと自覚しだしていたからである。

飢餓と、目に見えない敵の部隊だった。

負ければ殺される。勝たなければならない。敵と対峙した場合と少しも違わない今の立場であった。

風早は、蠍の目をとらえた。風早はその獣の目をにらみすえて放さなかった。目と目の戦いは長い時間に思えたが、その戦闘は、風早軍曹の勝利だった。一瞬ではあったが、相手の目の中に脅えるかげりが走った。獣の目には、追われているものの弱みが、一方、風早の目には、長いあいだ身に染みついていた強大な軍という背景と、精神面においても自分の方が正しいという自覚、正義とも呼ぶことのできる感情が、相手を威圧する力ともなったのだ。

けっきょく、風早に説き伏せられて、急いで竜泉関へ潜行してみることに全員が賛成した。空襲のあと、ダメ押しの敵襲がないとは限らないという風早の意見に従った。

が、十五人は、竜泉関に近づいたら、風早でなくまず囚人の中から偵察を出し、全滅しているかどうか警備隊の状況を調べ、そのうえで方針をきめるということで話がまとまったのであった。

万一、全滅していない場合、風早軍曹は、彼らの手で殺されなければならなかったであろう。

「お前たちを地獄へ追いやることも、極楽へ案内してやるのも、おれひとりってことを忘れるな」

囚人たちは、竜泉関に近づいたことを風早から知らされると、約束どおり、風早を囲んで待機し、三人の偵察が潜行出発したのだ。

偵察は、蠍と、禿鷹(はげたか)という兄貴株の二人が、囚人の一人をつれて出かけていった。

帰ってきての報告は、幸か不幸か、風早軍曹の予言したとおり、竜泉関警備隊は完全に爆撃されて、ついえ去っているということであった。

脱走するという内心の決意がまだきまったわけではなかったが、囚人隊から自分の身を守るためにはあくまで脱走兵と見せかけなければならなかった。脱走兵なら仲間だと思う囚人の意識が、今は唯一の保身でもあった。同時に、行動を起こせば、もうその瞬間から真の脱走兵になってしまう。

風早は、彼の抱いている推測を、かんでふくめるように説明し、それから、囚人たちをその場に残しておいて、警備隊の内外を一巡した。

自分の想像どおり、また、囚人たちの報告のように、竜泉関警備隊は完全につぶされていた。

風早は、爆撃で半壊した隊長室にはいっていった。殿村少尉は丸裸のままで室の入り口にあたるへんで戦死していた。憎しみ合った仲ではあるが、死体の位置をなおした風早は、彼の軍刀と双眼鏡を持って出た。

風早は、部下の兵舎とその付近が、全く見る影もなく吹き飛ばされて、猛火の焼跡にひとしく、戦友の死体をその中で確認することすら全く不可能であることを知って、心の中で冥福を祈り、彼らのところへ戻ると、

「おれについてこい」

と命じて歩きだした。本部から二キロほど南に、ずいぶん昔に無住になっている小さな黄土穴居集落がある。黄土の断層をくり抜いて住居にした、山西などではよく見かける穴居家屋である。庇もなければ屋根もない。日本でも山の中腹などに横穴の防空壕をつくったが、あれに似たようなもので、よほど前のものらしく、このへんでは珍しい穴居家屋の跡であっ

た。

　これを発見した警備隊が、そこに手を加えて秘密倉庫にしていたのだ。

　そこには、主として工作用の農作物の種子とか、阿片(あへん)、携行食糧、少数の兵器、衣類、その他が格納されてあった。

　風早は錠を打ちこわして、薄暗い中にはいっていった。まず、彼は、のちのちきっと役立つと、ひそかに宣撫工作用の阿片を雑嚢につめたのである。

「お前たち、商売をやるときは見張りをたてるだろう」

　風早は皮肉のつもりでこう言ったのだが、強盗・土蔵破りの常習者たちには言葉どおり通じたらしく、あざやかな人選とともにボス株に命じられた男は、すばやく配置についたのである。

　大討伐となれば最低一週間の食糧を携帯する。兵器、食糧を合わせると十貫目からのものを背負って、勝ち戦さの追撃戦なら一日平均十時間、はや駈けに近い行軍をするのが歩兵の身上(しんじょう)であった。

　ざっと一週間分の食糧は、一回米三合(一日六合)、乾パン、粉ミソ、牛缶など。囚人には私物がないのだから雑嚢には食糧・弾薬その他必需品をいれるように指示を与える。靴下には片方に米四日分がはいるのだ。途中の行路のことを考えて地下タビも忘れるわけにはゆかなかった。

　いちいち指示している暇はない、改めて点呼をとってみると、夏衣の下が軍袴(ぐんこ)であったり、夏袴の上に軍服を着けているのもいる。

水筒はできるだけ多くと指示を与えるけれど、風早軍曹が心配するまでもなかった。盗癖は彼らの身にしみついていたのだ。水筒にかぎらず、必要らしい物資は、どの男も、遠慮なく身につけている。

いずれ、このままにしておけば、必ず土着民が掠奪にやってくるのだ。風早は、南部式八ミリ口径自動拳銃が一梃残されていた軽機二梃と弾薬箱を引き出した。風早は、南部式八ミリ口径自動拳銃が一梃あったのを取ると裸のままズボンの中へ差し込んだ。

兵器類はこれで全部だった。

「頼りになるのは、これだ。重いが手わけして持て」

高飛車な風早の言葉に、頭分への追従のつもりだったのだろう、一人が口をはさんだ。

「いつから、おれたちの親分になったんだ？」

そいつが森の石松という綽名のおっちょこちょいであると、すぐあとからわかるのだったが、

「ほう、おれが指揮官じゃいけないってわけか。じゃあ聞くが、だれが、この十人余りを指揮して安全なところへ誘導してくれるんだ？」

自然な声で、そこまでいった風早は、急に声をきびしくした。洞窟のような倉庫の中に、その声は無気味な音響となってはねかえった。

「ただ今より、風早軍曹が指揮をとる。文句のある奴は前へ出ろ」

囚人たちは、われ勝ちに小銃の弾丸をポケットというポケットにねじ込んだ。禿鷹と蠍の

二人はほかの囚人たちをアゴで使っている。軽機二梃と弾薬箱を、それぞれ、自分らの手下に命令してかつがせると、この不思議な一隊は、竜泉関をすてて出発した。

あなた任せの行軍、というより風早任せの行動をとらなければならなくなった。

その日は歩けるだけ歩いた。嶮路だ。訓練をうけていない囚人たちはすぐ隊列を乱してしまう。十キロたらず歩くと、夜になった。

山峡の夜は、遠く狼の遠吠えをきくだけで静まりかえっていた。どこかに人間という生物がいるのだろうかと疑いたくなるほどもの侘しく深閑としていた。

野営といっても天幕を張るわけではない、岩を背にまどろむか、砂礫の背骨の痛む地面にゴロ寝をするばかりだ。風早軍曹は、十四人の囚人たちを二人ずつ交替で見張りに立たせることにした。

二キロほど山路を下ると黄土の小さな盆地がある。その盆地には、乱山関という七、八戸の小村があるはずだった。あたりがまっ暗になれば、村の燈火があるいはこの高地からも見られるかもしれない。

風早がいちばん恐れたのは掠奪暴行だった。この無秩序で粗暴、粗暴という言葉は、まだ彼らには好意的すぎるかもしれない。いつ野獣に変わるかもわからぬ兇暴な囚人の群れが、村へ侵入して掠奪、暴行を犯しかねないということであった。

正義人道など、どうでもよかった。ハネ返りが、今の風早には恐ろしいのだ。

昭和十九年の春、第十三師団・第三師団以下十個師団四十万の第十一軍が湘桂作戦を敢行するに臨んで、隷下各部隊に、軍司令官横山勇中将が下した命令は、ただ、

（焼くな、殺すな、盗むな）

だけであった。

風早軍曹はこの言葉を思い出していた。シャバにいた時代、この男たちは、そのどれかの禁を犯して囚人となったに違いないだろう。

焼くな、殺すなはともかく、囚人に向かって、彼らの商売である盗むなを言い渡すとき、風早は家畜をならすよりも厄介なことになるだろうと考えたのだ。

はたして、数人の囚人たちは不平づらを露骨にして反撃してきた。

（人間のいないところじゃあ、商売にならねえぜ）

強盗前科の男が風早に楯をついた。

（ながい間シャバと女からお預けをくっていたおれたちだってこと忘れねえでもらいたいな、軍曹さぁん。おめえなんか女に不自由したことはねえだろう。何のために自由になったんだ、面白くもねえ）

牙をむく奴がいる。初年兵教育のように簡単ではなかった。風早は拳銃を構え、

「文句を言った奴は前へ出ろ、ここではおれが指揮官だ。指揮官の命にそむく奴は射殺する」

この脅しはあまりききめがなかった。

（おれたちは死刑囚じゃねえよ、殺されてたまるか）

「そいつも前へ出ろ！　おれの許可なく村へ近づいた奴は厳重に処罰するぞ。脅しじゃあない」

風早も若かった。後にはひけないという態度を崩すことができないのだ。まずいなと自分で思いながら。

（フン。焼くな、殺すな、盗むな……、なら女はいいってわけだろう？）

風早をからかう奴もいる。

「いいかげんに、ふざけるのはやめろ、今は生きるか死ぬかの瀬戸際だ。わかるな、冗談をいっている時間はないんだ。女であろうと何であろうと、勝手に手を出すことが盗むことなんだ。民家といっても、武器をもって、いつなんどき匪賊にならないものでもないんだ。表面善良な民家をよそおった匪賊村だってあるんだ。おれは、お前たち自身のため、仲間として言っているんだぞ。この禁を犯すことは、自分の首をしめることになるってことを忘れるな」

「自分がかわいく、自由になりたかったら、つまらん欲はしばらく忘れるんだな」

最後に風早は語気をやわらげた。

まさかその晩、事故を起こすことはあるまいと、疲れてもいたし、それ以上くどく説教することはしなかった。

「早くからだを休ませろ、明日はまた大変だからな」

空はうっすらと明るくなりかかっていた。昔はスリだったというむささびの秀という男が、そっと風早のところへ忍んでくると、

「隊長さん……」

呼ばれる前に風早は、人の動く気配に目をさまし、腰の拳銃に右手をあてて身構えていた。

「三人、抜け出していますぜ。どうもゆんべ早くからいねえらしいです」

とささやいた。脱走？ 脱走ならまだいいが、敵側につかまるような事態が起こればすぐここが危険になる。風早が飛びおきると、装具をつけながら、すぐ出発だ、急いで準備をしろと命じた。

ブツクサ不平をいう連中の尻をひっぱたくようにして、野営地をすてた。言うとおりにするくせに、いちおうは何か言ってみないと気のすまない連中なんだと、軍曹にも少しばかり彼らのことがわかりかけてきていた。

「軍曹の奴、何をあわててるんだ。むささび、てめえ何かつまらねえことを……」

蠍（さそり）が、むささびの秀をこづきかけた時、先頭を歩いていた風早が立ちどまった。

「いかん、止まれ。おれがひとり行くから、何でもいい兵隊らしく武器を構えてみせろ。おれが射つまで引き金を引くな」

昨夜、兵器、とくに軽機の操作を教えておくべきであったとホゾをかんだ。

百メートルほど向こうから、三、四十人の農民が、手にカマや棒切れを持った一つの黒いかたまりとなって近づいてきていた。

風早には、いなくなった三人と関連があるんだなと感じられた。特別任務について、河北にもながい風早の中国語はあざやかだった。

「何だ？」

いつでも射てる態勢で、先頭の農民に質問して、風早が心配したことがもう第一夜に起こったことがわかった。

昨夜、四人の日本兵が村を襲って、一人を殺傷、娘と人妻に暴行を加えたと訴えるのだった。

「日本兵？　日本兵は決して女を犯したり盗みはしない、何かの間違いだろう。そいつはニセ兵士に違いない」

ニセ兵隊に違いないことだけは彼も自信をもって言える。

数をたのみ、群衆は白い敵意にみちた目を軍曹に注ぎ、後方で軽機や銃を構えている囚人部隊をにらみすえ、さがろうとしなかった。

日本軍の威信も、もう地に墜ちている虚しさが風早の心をついた。

風早は、農民とのやりとりを、一番近くに手榴弾を握って立っていた禿鷹に説明し、だれにも手を出させるなと厳命したのち、改めて農民の方に向き直った。

黒いかたまりの中から中年の女が、甲高い声で先頭の農夫たちにわめきたてながら、四人の中の一人を指さした。例の大仰なゼスチュアで叫びたてる言葉は、風早には意外だった。囚人の中の一人が昨夜の暴行犯人であるといっている。すると、昨夜は四人が野営地を離れ、一人は戻ったが、三人が行方不明ということかと理解した。

風早は指さされたその一人が、何という男か、実は綽名も、名前も囚人番号も、何も知らなかった。

「何が起こってもおれに任せろ。みなをおさえてくれよ、ちょっとまずいことになりそうなんだ」

禿鷹にだけ耳打ちした。

「四人というが、あとの三人はどうした？」

きくと、みな、三人は逃亡したという。

「この中の一人に間違いないか」

黒いかたまりの声が一つになって、今にも、その男に襲いかかろうとする。風早は犯人の一人の処置よりも、日本兵と信じ込んでしまっている村民の心をどうすることもできない。おれ一人をのぞいてこいつは日本の囚人で日本の兵隊じゃあない。しかし、今さらそんなことを説明してみてもはじまらない。風早は、その男に前へ出ろというと、男はまっ青になってあとずさりを始める。

禿鷹をのぞいて、他の九人が険悪な形相をして、男をかばい、風早に立ち向かいそうな態度を示しだした。理屈ぬきの仲間意識だった。その仲間意識が、自分たちまで殺してしまうのだという考えは、彼らにはない。

風早は禿鷹に、あの男は入れ墨をいれていないか、ときいてみた。禿鷹は笑って、してるとも、びっくりするような奴をなと、ささやきかえした。

「おい、お前の入れ墨を見せてやれ」

風早の不思議な命令に、男は片手に銃を握ったままボタンをはずし、片肌を脱いだ。男女の妖しげな秘戯の図の半面が、朝のすがすがしい陽にさらけ出され、群衆は、息をのんだと思うと奇妙な叫び声をあげた。

「見たとおりだ。こいつは、おれの隊に昨夜まぎれ込んだニセ兵隊だ。日本の軍隊はこんな醜い入れ墨をしたものは兵隊にとらないことになっている」

と、風早は苦しいこじつけの言いわけをして、日本軍のメンツをむりにも守ろうとするのだ。この期になると軍人の生地が出る。

そいつをこっちへ引き渡せと、黒いかたまりの代表者が叫んでいる。渡すことは、なぶり殺しにすることを認めることであった。

「お前を渡せといっている。渡すほか、みなの助かる道はない。お前のために、この村民を殲滅するわけにはゆかん」

囚人は騒ぎだした。男は、脱いだ片肌を上衣につつみ、銃を構え直した。風早は一刻も早く片をつけたかった。片をつけなければ、次にどんな事態が起こってくるかわからなかったからである。決して無装備の村民だけであると安心していられない。現に三人の武器がどこかに奪われてあるはずだ。

男は、蒼ざめた顔で風早をにらんだ。

「おい、おめえは仲間だと言ったじゃあねえか、何も、ちょっと楽しんだぐれえのことでよ……おれ……」

「黙れッ！　昨夜、はっきり言い渡したはずだ。みなのために、前へ出ろ」

畜生ッ！　口の中で、男は絶叫し、引き金に指をかけた。だが、それよりも、風早の拳銃が火を吐く方が一瞬、早かった。

男はくずれるようにそこに膝をつき、そのまま前にのめった。からだの下から血が吹き出して流れ、たちまち大地を赤黒く染めてゆく。

囚人には風早の仕打ちがあまりにも非情に思えた。後方の三人が銃を構え撃鉄を起こす音が、シーンと静まりかえっている空気の中で無気味に鳴った。

風早軍曹のすぐそばにいた禿鷹が、さっと風早の前に立った。

「みんな、手を出すんじゃあねえ」

禿鷹のわめきは、九人の囚人をとまどわせたようだが、禿鷹の命令は、納得ゆくゆかないにもかかわらず、いちおう彼らの行動を押さえる力をもっていたのだ。

風早は、逃げたという三人も、こいつも日本兵ではないと、もう一度言った。自分の上衣を開き、いま射殺した囚人の下着類を村民に見せて、軍用のものではないと説明した。

風早は、死んだ男のからだから帯剣や手榴弾、いっさいの装備をはずすと、むささびを呼んで渡した。村民がいちおう納得したのは、軍曹が、自分の手で犯人を射殺したことにあったのだろう。それ以上、日本兵に抗議しないのは、武装した日本軍に対しての恐怖を感じてのことであったかもしれない。

兵隊ではないが、死体は黄土の下に埋めた。

「どっちの方角へ行くのか」

ときく老人があった。

「おれたちは嶺底に一度寄ってから太原の部隊へ帰る」

まるで正反対の方向を告げ、告げた方角に進路をとって急いだ。

「バカなまねをするから、こんなことをしなけりゃあならんのだ」

「三人の野郎、どうなったんだろう」

「たぶん、なあ」

と言ってから、

「それより、とられた兵器や弾丸の方が惜しいよ」

歩いた。歩いた。砂礫のあぶなっかしい道のない路を。

風早は、禿鷹に近づくと一言、

「ありがとう」

といった。

「仲間のためにやったことだ。おめえに礼をいわれる筋合いはねえ」

ニべもなく禿鷹は答えた。

「おめえも本心じゃあ、おれたちを虫ケラ、人間のクズと思っているんだな」

「でないとでも言いたいか」

意地悪い険しい巨岩と巨岩の峡(はざま)を、にくらしいようにきれいで清冽な水が流れている。その音がひどく、彼らの苦しみを嘲笑(あざわら)うように耳に響いてくる。渇いたのどをうるおしたくても、川に降りてゆく道がなかった。

喘(あえ)ぎ、喘ぎ、しかし、恐怖は彼らをしばらく団結させている。恐怖だけが彼らを団結させているのかもしれない。村民に語った方面に歩きつづけて、数時間たつと、風早は突然、ふたたび、反対の方向の東へ進路を変えた。犯罪の経験者たちは、逃走の知恵だけは無言のうちにも理解できた。

風早軍曹のむだな努力に、この時だけはだれもいきまかなかった。

番号のついた男たち

出発二日目、四人を喪った。十四人のうち四人、兵隊なら大変な戦力の消耗だ。しかし、隊規をみだす四人の消耗は、真実の戦力の損失より増加を意味する。ただし、それは、残った十人が兵隊になりきった場合のことである。

十梃の小銃のうち三分の一が昨夜の事件で亡くなった。この方の損害は大きい。

宿営は敵情がわからないかぎり火をたいて炊飯することもできない。水筒の水も残り少ないのだ。携帯口糧もうるさいほどの統制をしいておかなければ、敵よりも怖ろしい飢餓に襲われる。

その夜も岩陰で夜営だった。

「おれは風早祥二っていう。きみたちの名前も知らなくちゃあ話にならん、名のってくれ」

言うと、笑いだす奴が多い。

「軍曹、おれたちには名はねえよ、おれは蠍って男だ。かまれたら一コロって奴だ。覚えといてくれ。こいつあ、禿鷹さ。テキヤの殺人犯」

風早はだまって聞いていた。

「おいらは片目なんで森の石松さ。あいにくと、石松ほど強かねえ」

「正直なんだな」

「おれあスリだ。すばやいんでな、シャバではむささびの秀公って名前をいただいた。でも軍曹さん、見てくれよ、これじゃあ、商売にも何にもならねえ」

両手を出してみせた。

「おれは四二四番って呼ばれていた。シャバの名前なんか、とっくに忘れちまったぜ。おれの隣りの野郎は坊やっていうぜ。その次が向こう見ずで、つっ走ってばかりいやあがるんで馬車馬。次が村井ってんだぜ」

風早は、初めてシャバの名をきいて、その男の方へ視線を向けると、それを察したのか、

「勘違いしてもらっちゃあ困るぜ、村井、村井っていってもな、今の村井さんじゃあねえ、長庵ていう大悪党の医者があったろう、おれたちでさえ、こいつの残酷ぶりには、かけ値なしの今様村井長庵さまだと思うくらいの奴だものな」

「おれの姓は秋田っていうよ、よろしくな」

「へん、さすがは学者だ。姓だって抜かしやがる。姓は丹下、名はシャ膳か。だが、そいつはほんものの秋田てんだぜ。いちばん端っこにいる奴は、葬儀屋だ。何人、仲間をあの手で眠らしたか知れねえ奴よ。そのうえ、ちゃんと穴を掘って埋めてくれるんだ。だから葬儀屋さ」

風早軍曹は大変な奴ばかりだと思ったが、顔色には現わさずに、

「ろくでもない名ばっかりだが、覚えとこう。兵隊の経験のないもの、軽機をいじったことのないものはここへ集まれ」

この男たち、銃をいじるのは嫌いではないらしい。風早を中心にぐるりと円陣を作った。なかなか敏捷だった。表面は、逃避行初めての団欒にみえた。

三八式歩兵銃が七梃。弾丸のつめ方、照準のあわせ方、射撃の方法などを説明し、今度は機関銃をとって、

「小銃のようにかかえても射てるが、この支柱を出して、寝て射つ方が撃ちいいな。こいつは十一年式というやつだ。弾丸は三八式歩兵銃と同じ六・五ミリ。一分間に五百発。だいたい、千五百メートル十四町弱の着弾有効距離だ。この弾倉には三十発の実包がはいる。この機関部の左側にあるマガジン、こいつだ、これに、五発ずつ束にしたクリップを六個、平らに重ねる、これで三十発入りの弾倉になるわけだ」

と、わかりやすく操作をのみ込ませる。

「射撃するときは必ずおれが指揮をとる。むやみに射ってはならん。昨夜みたいに、毛を吹いて疵を求めるようなバカバカしいことは避けなけりゃあいけない」

この十人は、おれを無事に護ってくれるべき戦力なのだぞ、巧くやれ、巧く利用するのだと、風早は、ことごとにむかついてくる気持ちを抑えて、自分にいいきかせているのだった。

囚人たちが、自分の心の奥の秘密をかぎつけることはないだろうが、疑いはしないかと、そのことも心配になるのだった。

一行は谷の底辺を進んでいた。

地形としては、決して有利の場とはいえない。だがこの地形はそう長くはつづかないことを知っている。左手にはゆるい丘陵が並行して流れ、右は黄土の断崖になっている。丘陵に敵が位置すると、全くの背水の陣だ。

彼らには、満州国へ侵入しようといってある。内蒙古は日本人も少なく、それに風早には縁が薄かった。なんといっても、満州国は、複合民族国家として、また、日本人が、内地のように、自分の国のように大ぜい居住していることは、生きるためにたいへん便利に違いなかった。

国内にはいれば、共産軍も、まして国府軍の影もなく、物資も豊かで自由があった。逃亡者には理想の国であった。

囚人たちも、いちおう、この風早の意見に同意はした。しかし、距離的にみても、地形からみても決して楽な逃避行とはいえないであろう。

（しかし、永久に安全に暮らすために、当面の苦労ぐらい克服しなければしかたがない）

風早はこんなふうに説いた。

（兵隊の逃亡者に比べればお前たちの方がどれだけ安全か知れたものじゃない。名前をかえて満人街にもぐってもいいし、日本人街で住むこともできる。華北の山奥の前歴なんかわかるものか）

風早は、さっきから、丘陵に見えがくれしている異風の人影を感じていた。囚人たちは、たぶん農夫と思い込んでいるのだろう。

しかし、騎馬の男たちは、農夫ではない。といって、国府系、共産系の正規兵ではむろんない。民兵でもなさそうである。

風早も初めてであった。チラと偸(ぬす)み見た限りでは紅槍匪(こうそうひ)、話にはきいたが、いまどき、槍先に紅い布をつけた紅槍匪が実在するとは驚嘆に値いした。

だが、たしかに一騎、紅槍をもった影を見たのだ。

敵匪は、こちらの兵力や装備を目算しながら、並行して追及しているらしいのである。

風早は手近の禿鷹と蠍に、

「どうやら匪賊につけられているらしいぞ」

というと、

「匪賊？」

驚いたように、大声をだした。わずか十一人の一隊だ。たちまち十人の囚人たちの中に動揺が起こった。

「どうしよう」

石松が弱音を吐くと、さっそく馬車馬が、

「一丁いくか」

と強がる。

「止まれ——」

風早も肚をきめなければならないと覚悟した。戦闘して勝ち目のあるのはこちら側だ。なんといっても軽機がある。奴らのもっているのは旧式の銃に、せいぜい頭分がモーゼルの大型ぐらいだろう。

「散開しろ」

といったものの、実戦を知らない囚人の戦闘隊型は成っていなかった。低い声で風早は手早く指示し、左右の軽機手に寝射ちの姿勢をとらせ、弾薬手を一人ずつ、射手のそばにつける。

「だれか一人ついてこい」

「どうするんだ？」

と不安そうな質問に、

「交渉するんだ、任せとけ」

風早は雑嚢から、所持していた宣撫工作用の阿片(あへん)を五分の一ほど取り出し、雑嚢をかたわらにおき、ちょっと考えてから、腰の拳銃をサックごとはずして、雑嚢のそばにおいた。

「だれが行く」

「おれが行くよ」

といったのは蠍だった。

「銃の先に、何か白い布をゆわえつけてくれ」

「チェッ、降参するのか」

「交渉だ」

蠍はいわれたとおりにした。

「射手いいな、もし、おれたちに妙なことをしたり、射ってきたら、遠慮なくブッ放せ」

いいつけて、銃の白旗を風になびかせながら、丘陵をあがりかける。

すると、匪団の方も、二人の男が同じように、こちらに向かっておりてきた。ちょっとした軍使会見の図である。

蠍は、匪賊もしゃべりあっている風早の、中国語のうまさに気をのまれていたが、急に匪賊の方が低姿勢になって、風早を大人扱いにしだした。

「畜生ッ！　またうめえペテンを使いやがったな」

と肚のうちで感心もし、安堵もした。

匪賊は頭目らしいのを呼んだ。阿片はオールマイティである。

会見は無事、なごやかに終わった。阿片をもらった匪団は丘陵の向こうに消える。

帰る途々、轍は、いったい、どんな魔法を使ったのかと、くどくたずねるのだ。

「ちょっとおどかしてやったのさ、熱河省で活躍していた楊靖宇頭目の名を出してみたんだ」

「へえ、そんな匪賊がいるんか」

「楊と、鮮満国境には金日成って奴がいる。楊は討伐されたはずだから、ウソがバレないように、楊頭目の跡目に、軍があと押しをして、許安平という男を頭目にして、治安を任せるんだっていってやったのさ」

「あきれたペテン師だ」

「これが作戦というものだ」

「もらったのは？」

「こっちも貢物を出したのだ。斥候用の服をよこせといったら、子分の着ているやつを脱がせたんだろう、くれたよ。奴らにきいたんだから」

二人とも汗びっしょりだった。やってはみたもののあまり気持ちのいい仕事とはいえなかったのだろう。

軍曹と野獣

日照りのひるの行軍は、もう暑かった。夜になると急に冷え込む大陸気候は、逃避行をつづける部隊にとって、あまり楽ではなかった。

動くものすべて敵と思えという風早軍曹の言葉は至言といわなければならない。

ドイツの降伏のあとをうけて、東半球の戦況は一段と不利になった。物心両面が敵には有利に、日本には不利におちいっていた。もう不利などという悠長な情勢ではなかった。惨めすぎたのだ。かたちのうえではインパールやニューギニアほどではなかったが、日本本土、足もとに火がついて、その火は炎々と類焼また類焼というていで、内潜する心の敗北感は、いくら為政者が神風を叫び、勝機の到来を説いてみても、現実の惨めさは、どうしようもなくなってきている。

そればかりではなかった。

国府、山西軍の動きをはじめとして鳴りをひそめていた各戦区の軍団、また、中国共産党の正規軍、毛沢東を盟主とする朱徳、賀竜、林彪（りんぴょう）、彭徳懐、李立三、聶栄臻（せつえいしん）、張学恩、劉伯承、陳毅など、いわく、第十八集団軍、いわく、第十三縦隊、第四縦隊、いわく、独立遊撃縦隊、抗日自衛軍。また新編第十旅、七七九団、七六九団というように、中国赤軍の活動は、魚が水を得たように活発になってきているのだ。

下士官である風早には、この周辺の情勢も、とくに、彼が中国生まれで、ほとんど今日まで河北・山西・河南などで暮らしてきただけに、ひとよりもよくわかる気がする。動くものを見たら敵と思えといい、かつそれを信ずるのは、彼の過去の中国の生活と、五年という兵隊生活の経験からであった。

それにしても、どうひいき目にみても、脱走兵か敗残兵だった。風早自身にしてみても、ゴボウ剣を、他のものに与えて、自分は殿村少尉の軍刀を腰の剣帯に落とし差しにし、双眼鏡を胸にかけている格好は、どうみても、軽機関銃分隊長だった軍曹でもなければ、大隊本部づきの軍曹とも見えない姿だった。

部下（?）の十名の姿ときては、とうてい帝国陸軍の兵隊とは、お世辞にもいえなかった。二等兵の肩章の兵隊が上等兵に自分の鉄砲や食糧をかつがせたり、装備もバラバラ、巻脚絆の巻き方から、帯剣のつけ方も不自然きわまるものであった。

どれもこれも、床尾鈑を空に向けてかついでいるかと思えば、帯剣と銃をいっしょに、薪のように麻縄でくくりつけて、だらしなく足をひきずって歩いているのであった。

「満州国が、どっちか知らねえが、もうたくさんだ、アゴを出しちまったぜ」

わめきながら、地面にたたきつけるように銃を投げ出して、その場にしゃがんだと思うと、ああ、と大きくのびをして青空を仰いで大の字に寝ころんだ男がいる。馬車馬だったが、彼の前歴は、土工、傷害犯だった。

先頭の風早軍曹は足早にとってかえすと、大の字に寝ている男を力いっぱい蹴りあげたのだ。

「チェッ！　何をしゃあがる。上官づらするなってんだ」

言ったものの軍曹の剣幕に圧されたのか、ノロノロと立ち上がりかける。

「銃を拾え、拾うんだ」

ふてくされた馬車馬は。ことさら上衣やズボンの埃をはたき落としながら、軍曹の動きに目をつけていた。

軍曹が、他の男たちに注意を与えるつもりで、ちょっと注意をそらした。

馬車馬の右手には抜き身の短剣が握られ、攻撃寸前の身構えに急変した。帯剣を抜いたのに気がついたのは、まわりの仲間だけであった。

軍曹のスキをねらうと、剣を構えてからだごと飛びかかった。が、軍曹の体を開く方が、

ほんの寸秒だけ早かったとみえ、剣を握ったまま泳ぎかけるその背に軍曹の両腕がいやというほどたたきつけられた。

馬車馬は、かろうじて踏みこたえた。

「畜生ッ！」

とののしって反撃に出るつもりだったが、軍曹の右手の大型拳銃が、男の胸にねらいをつけているので、口の中で叫びをのみこみ、棒立ちになった。

「おい、馬車馬！　銃を拾え。おれを撃つためではないんだぞ。間違えるな、お前の身を守ってくれる武器なんだ。大切に扱え」

馬車馬とのこの勝負は、風早が彼に勝ったということだけにとどまらず、囚人たちに軍曹

の支配力を及ぼす因となったようだ。軍曹は拳銃を腰の革サックにさした。だれも、本気で今の風早を撃つ勇気のあるもののいないことを知っていたし、彼らの仲間も、風早がいなくては、一キロの道も進めないことを承知していたのだ。

それでいて、いちいち、何かにつけて反抗してみたいのが、彼らの習性のようであった。

「お前たち、何度言ったらわかるんか、死にたい奴は勝手に出てゆけ」

風早は、隊列の先頭と、後尾をながめて、小人数のくせに、ひどく長くのびているのをみると、

「よし、ここで小休止とゆこう」

かたわらにいた、片目の男をアゴでしゃくり、

「おい、石松、みなに、あそこの岩の陰へ集まって、小休止だといってこい」

と命じた。

片目の森の石松は、わりとすなおに、風早軍曹の命令を守る男だった。

集合を終わると、風早はみなに楽な姿勢で休んでいいと言ってから、

「いいか、自分で自分の首をしめる気なら勝手にするといい」

彼も、彼らに向かっては、郷に入れば郷に従え、下品な口調でものをいうことにしていた。

下品な言葉も武器の一つだ。

在支米空軍は、その基地を着実にひろげつつ、重、軽爆撃、戦闘機の数は毎月うなぎのぼりに増加していた。

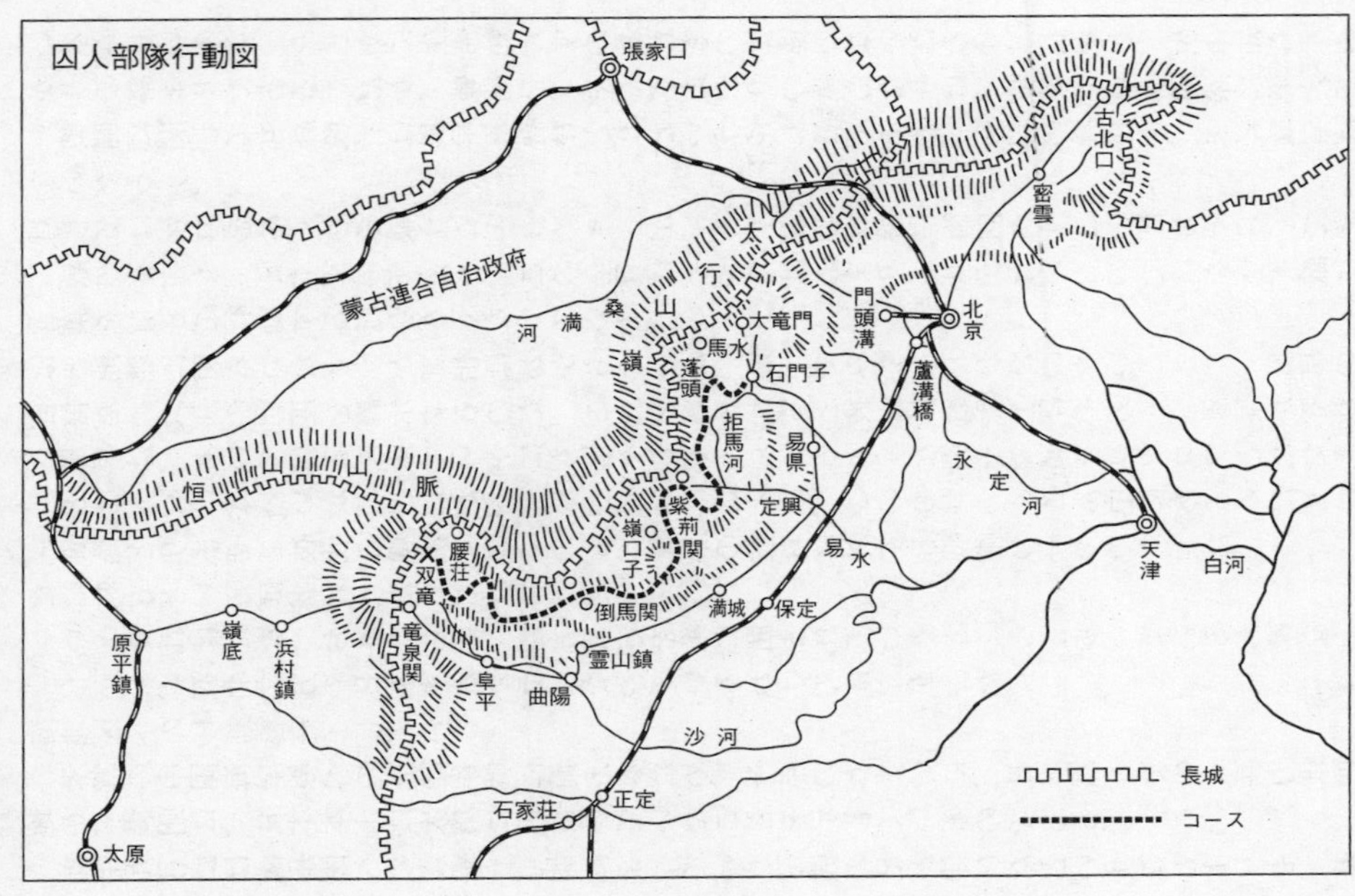
囚人部隊行動図
張家口
蒙古連合自治政府
太行山嶺
恒山山脈
古北口
密雲
門頭溝
北京
大竜門
馬水
石門子
蓬頭
拒馬河
易県
蘆溝橋
永定河
紫荆関
定興
嶺口子
腰荘
双竜
易水
倒馬関
満城
保定
天津
白河
原平鎮
嶺底
浜村鎮
竜泉関
霊山鎮
阜平
曲陽
沙河
正定
石家荘
太原
長城
コース

前年九月には満州国への爆撃も可能になっていた。機の足が伸びたということよりも、基地が、満州に、日本本土に次第に近づいていたことを示しているのである。

米軍の中国海岸線への上陸作戦に備えるため、今年の春までに、日本軍もその大兵力は西南地区への移動を完了している。

しかし、河北北方の日本軍がカラになっているわけではなかった。

「いうなればだな、おれたちは、四方八方を敵に囲まれているところを歩いているわけなんだ。味方といえば、おれたちだけなんだ」

真偽とりまぜて彼我の戦況を説くのも、風早の彼らに対する戦術の一つであった。

「どこへ行けばいいか、どこが安全かっていうことは、このおれのここん中にあるんだぜ」

風早は、あいている左手でいかにも憎々しくみられるような調子で頭をコツコツとたたき自信たっぷりの態度を誇示するのだ。これをいわれると彼らはお手上げである。風早がそれほど地理に明るいかどうか真相はわからないが、疑ってみてもしかたのないことで、風早の言葉を信じて行動するほかなくなっている。

敵の存在も、日本軍の所在も、この全員にとってはあまりありがたいものではない。敵に対しては死力を尽くして戦うこともできるが、日本軍の攻撃に歯向かうことはおそらくできないだろう。

戦闘に関しても経験者は風早軍曹ひとりという侘(わび)しさである。兵器の操作も、未経験者ばかりの集まりである。だが、戦闘を、やくざあがりの蠍(さそり)あたりは、喧嘩でいり同然に考えているらしいのだ。たしかに生命(いのち)知らずの暴れものに違いないだろう。しかし、生命知らずの暴勇だけで敵と戦っても勝つことはできない。

「竜泉関を出たあとのことを忘れちゃあいまいな」

風早の頬に冷笑が走る。それが不満足でも見のがさなければならない囚人たちであった。そうはいいながらも、風早は風早で、彼らが必要だった。

時に、つまらぬことに兇暴さを発揮する囚人の十人も、たしかに戦力といえたからである。その意味では、この囚人たちは、風早には利用価値があった。彼らもまた、風早を利用しなければ、自由と安全をとらえることができないと信じているように。

「味方は、おれたちだけなのだ。せいぜい、おれをだいじにすることだな、それに、そいつをな」

銃に目を注いだ。

「十六の菊の御紋章がついている。兵器を粗末にすると、兵隊は、最敬礼でお詫びをするんだ。時には土下座をさせられて、鉄砲さまにどうもあいすみませんとあやまる。おれは、そんなことは言わんよ。しかし、今のおれたちの生命を守ってくれるほんとうの味方はそいつから飛び出す小さな鉛のタマだけだということを忘れない方がいいな」

言うべきこと、言っておかなければならないことをいうと、風早はのっそりと立ち上がった。しおれている石松のそばに寄ると肩をたたいた。石松という男は他人の失敗を見ると、こいつも自分のことのようにしおれかえる男だった。風早は、へたに言葉をかけるよりも、この男には、肩をたたいて親愛の情を表わすのがいちばんききめのあることを知っていた。

「お互いに、せっかく拾った生命だ、だいじにしようぜ、馬車馬の兄貴も根ッからのわからずやでもないだろう」

折れるときはきれいに折れなければいけない。風早の住む世界と、彼らの住んできた世界とは全く異質のものであった。

仲間どうしの紛争も、一度、彼ら以外の世界がこれに介入しようものなら、たちまち、仲間意識の強い彼らは、理由もなく団結し、排他性を必要以上に発揮してくることを、ここ一週間ほどのうちに、いやというほど知らされてきた。

硬軟巧みに操らなければ、彼らはすぐ牙(きば)をむく。甘やかせば、つけ込む、弱みをみせると、のしかかってくる。強くでても反抗する。全く始末の悪い連中だった。

右に剣、左にコーランだと、風早は思いながらも、ただ、それだけで彼らを自由に扱えるとは考えられなかった。

五人の闖入者(ちんにゅうしゃ)

風早にはこの一週間の方が、過去の軍隊生活のうちの五年よりもずっと厚みをもっているように思えた。味わったことのない深い人間の心の秘密や断面が強烈に彼の心につき刺さってきている。

人間のクズ、社会のゴミ、非国民の獣たちとはいったい何なのだろう？　犯罪の具体的な事実に冠せられた刑罰を背負っている人間にすぎないのではないか。

軍と軍とは同じことを、巨大な武器と国家とを背景に、盗み、犯し、奪い、殺している。

それは正義であるといわれ、勇気をたたえられ、栄光を冠とさえする。

心の中の殺意も、反逆も、それが心の中の犯罪企図にすぎない限りは犯罪人でもなく、まして囚人でもない。おれはまだ犯罪人でもなく囚人でもない？　おれはどうだろう？

生き残り十人の人間のクズといわれた囚人には、すくなくとも反社会的な犯罪の事実を一人が一件以上背負って、社会から檻の中へ閉じこめられてきた男たちである。

おれと彼らとどこが違うのだろう、と風早は考えるのだ。たしかにおれはやつらを軽視し、自分が生きのびるためには、こんなクズの十人や二十人を犠牲にしてもいいと思っている。村のそばで平気で一人を射殺したときも、その男が射とうとしたから射ち殺したのではない。彼が銃の操作を知っていないことを自分は知っていた。自分が助かりたいために射殺してしまったのだ。そのうえ、口実もみごとにつけたではないか。全員を救うための犠牲者なのだ。大の虫を生かすため小の虫を殺すのだと戦争と同じような大義名分、理屈をつけ、自己弁護をしているのだ。

だが、敵に対し、あるいは逃走という同一目的のために、どうにかこの十一人の気持ちが細いながら一本の糸でつながれたような気はするのだ。

しかしその糸は、ひ弱すぎるようだ。

何かが起これば、この十一人の統制はたちまちバラバラに崩壊するに違いなかった。それは八路でも、国府軍でも匪賊でもないのだ。

その恐ろしい相手に、すぐぶつかろうとは風早軍曹は思ってもみなかった。五月十一日の夜であった。

考えごとをしているうち、疲れてもいたのだろう、うとうとしかけていた風早は自分の耳を疑った。相当な激戦にもビクつかなかった風早が、その音楽に、自分は気が狂ってしまったのではないかと動揺した。

風早はギョッとして半身を起こし、手近にある軽機をつかんだ。月あかりの下で、一人、二人と、同じように目を恐怖にギラつかせて半身を起こし、耳を傾けている。ただの幻覚ではなかった。

風早はやっと我にかえって、みなを制しておいて、さて、どうしたらいいかと急いで対策を考えた。

音楽は低いけれども風にのって彼らの耳にまでとどいてくるのだった。聞き違いでも夢でもないことは、十人の緊張しきったその姿態でもはっきりしていた。

伴奏のメロディーにのって、女のコーラスに間違いなかった。しかも、日本語の歌だ。

春高楼の花の宴

めぐる盃かげさして

心の奥にまでしみ入るような、『荒城の月』のあの歌であった。

山塊の連なる人けのない華北の果てでものがなしいこの歌は、彼らにとって強力な兵団に包囲されたときよりも、もっと深い脅えを誘ったのだ。

　秋陣営の霜の色
　鳴きゆく雁の数みせて

日本軍の守備陣地近く、パーロ（八路軍）は、歩哨の郷愁を誘う対敵宣伝に、日本の民謡をよく用いる。熱河の山岳地帯では『追分』などがよく使われるのだった。そして、その感傷的なメロディーに魅されたように、歩哨線を越えてパーロの捕虜となったという例も少なくないといわれていた。

何であれ、捕虜になるわけにはゆかない。こんな夜、こんな場所で対敵宣伝が行なわれるとすれば、日本軍守備隊が、この前線に張り出していると思わなければならない。

これは囚人のためばかりではない、軍曹風早祥二にとっても一大事であった。

「みんな！」

風早は独立警備隊の軍曹、軍人の心に立ちもどっていた。

「敵は近いかもしれん、それに日本軍もだ。みんな、ここを動くな、斥候に出る、一人だけおれにつけ」

風早は軽機をかかえて言った。

「おれが行く」

名のって出たのは長庵だった。

「音をたてないように」

風早はさすがに下士官だった。重い軽機をかかえながら音をたてず、暗い岩と岩の肌にも靴をすべらさずに進んだ。長庵の方は、風早の影を見失いそうになりながら、これも、足もとに注意して進んでゆく。

風早が岩の陰から砂礫の狭い平地を見おろしたときには、自分の目を疑いたくなった。一人の日本兵と、モンペ姿ではあるが四人の女である。

やっと風早の背後に追いついた長庵も唖然として、風早のかたわらへ出て、彼の目をうかがうように見つめずにはいられなかった。

風早は軽機を抱いて構えた。その拍子に石ころが、音をたてて四人の方へ落ちてゆき、音に驚いた兵が、立てかけてある銃に飛びつこうとした。

「銃にふれるな！」

風早の軽機を見上げた若い兵隊は、そこに立ちすくみ、四人の女は、肩を抱きあってひとかたまりになって震えている。

「動くと射つぞ」

風早は、四人に近づいていった。長庵もつづく。若い兵隊は日本軍の下士官を見、これで助かったといいたげに興奮している。

「たれか？」

風早は、すばやく、小銃が二梃、兵は拳銃を腰につっている、武器三と目算した。

「電信坂下連隊源城派遣班無線小隊野中上等兵であります」

「大きな声を出すな」

といってから、さて、この若い上等兵と四人の女の処置をどうしたものかと、とまどっていた。

上等兵はまあいいとする。しかし、四人の女の処置だった。捨ててゆくわけにはゆかないが、村のあんな汚ない中年女にさえ手を出すほど飢えている男たちの中へ、たぶん前線の慰安婦だろうとは思うが、若い日本の女を同行した場合、結果はわかりきっている。さっき、不安に思ったことが、こんなかたちになって目前に急迫してくるとは想像もしてみなかったことだ。長庵が、

「軍曹、眠ってもらうとしても、いっぺん、あそこまで連れてくよりほかあるめえ」

と耳もとにささやいた。

眠ってもらう、たぶん、男の方、上等兵をさしていっていることであろう。上等兵を殺すわけにはゆかない。前途に邪魔になるのは、むしろ女の方だが、これとて、そう手がるに眠ってもらうことはできない。たとえば、そのためにどんな危険が襲ってくるとしても、同胞を理由なく、いや、自分たちの保身という、理由にならない理由で殺すわけにはゆかない。

困ったことになったと、風早は思い悩んでいた。

が、いつまでも考えているわけにもゆかなかった。

「荷物をもってついてこい」

五人は、意外な日本軍の手に救出されたことで思いなしか浮きたっているようであった。

「上等兵、ちょっとこっちへきてくれ」

野中を、女たちから遠ざけてから、

「どんなことがあっても、おれを信用するか」

「はい、軍曹どの」

「ついてくる以上、おれの部下としてどんな命令にも従うか」

「はい、もちろんであります」

「それならいい……」

とはいったものの、この純情そうな上等兵に、風早軍曹以下、四人一個分隊の説明をどうしたらいいか、悩みの種であった。

(こいつあ、たしかに、パーロ相手の戦闘よりもむずかしいことになってきた)

「よう、すげえじゃないか、女の捕虜とは」

鏡のない男たちには自分の姿かたちが、どんなものか、およそ想像もできなかったろう。むささびの秀が奇声をあげる。

「上等兵、ここにいるのは竜泉関独立警備隊のおれの部下だ」

が、上等兵の目は、もう疑いの色を浮かべていた。約束があるので、彼はまじめに名のった。女たちは、女たちの敏感さで、この異様な兵隊を、兵隊でないと感じとっていた。指揮者の軍曹からしておかしかった。将校の軍刀を腰にさし、双眼鏡を胸にブラ下げている。どうみても、正規の部隊とは思えなかったのだ。

かぼそい糸ではあるが、どうにか自分と十人をつなぎとめたと思った。その団結も、これで、バラバラにくずれてしまったのだと、風早は風早で感じとっている。

村井長庵は二等兵の肩章をつけている。二等兵のくせに、上等兵である野中に対してはもちろん、指揮官らしい軍曹にもひどく横柄な態度をとっており、またそれを許しているのが不審でならなかったが、いちばん年の若そうな坊ちゃん坊ちゃんしている男をつかまえて、人相の兇悪な年輩の男がアゴでコキ使っているのだ。野中上等兵が坊ちゃん坊ちゃんしていると思った男は、綽名（あだな）坊やである。彼は上等兵の服装をしており、アゴでコキ使っているのは蠍（さそり）だった。蠍の肩章は上等兵だ。

軍規が紊（みだ）れているというのか、それとも何か特別の事情があるのか、しかし、野中上等兵は、女四人をつれてはいるといっても、十一対一の比率だ。とても勝ち目はない、しばらく様子をみようと思った。

四人の女をなめまわしている男たちの目は、女たちの衣服をはぎとって、その下にかくされているむんむんするような女ざかりの白い肌を、じかにはいまわっているのだった。

「軍曹」と長庵が呼びかけ、葬儀屋と二人して、風早を岩陰に誘い出した。いや奴が、きっといやなことをいいだすんだなと思ったが、しかたなく、呼ばれるままにみなの位置から離れた。

「軍曹、上等兵は片づけた方がいいのじゃないのか、あんたのためにもな」

「だめだね」

「なんとかしなけりゃあ、こっちがヤバいぜ、禿鷹（はげたか）も蠍も同じ意見だ」

彼らも日本軍守備隊が近いのではないかと怖れている。軍曹は野中の報告を総合して、このあたりの日本軍は撤収しつつあること、したがって、みなはあまり心配する必要のないことを説明してやったのである。

単純な二人は、ははあ、なるほどといいたげな表情を示す。表情に示したことは不承不承でも納得したということなのであろう。

野中らは、少数部隊転送の途中、強力な奇襲砲撃をうけて全滅したが、野中ひとりと、前線から便乗した慰安婦のなかで、この四人が生き残ったのである。野中が本隊を追及中、途中でこの四人の女を拾ったというのである

戦場では、こんなバカバカしい偶然や奇蹟がときどき起こる。起こっても不思議ではない。野中の方も、軍曹以下十一名の兵隊が何らかの奇蹟で、ここを彷徨（ほうこう）しているものと想像した。兵隊の構成に納得ゆかないものがあったが、彼も、しいてそれにふれようとはしなかった。だが、風早は、やりきれないことだと思案にくれるのである。

（焼くな、殺すな、女はかまわん）

規則を変えてもらいたいなと四二四番が冗談でなく風早に迫るのだ。

「宣撫工作のたてまえから姑娘（クーニャン）はいけない、しかし、やまとなでしこはさしつかえなし」

四二四番の言葉に、馬車馬がせせら笑いを浮かべながら、風早の口調をまねて、きこえよがしにいうのが風早の耳にはいった。

風早もながい兵隊生活だ、聖人のようなことはいわない。だが、かの女らの感情や、特別に形づくられた性格を知っていた。四人部隊とうまくゆくわけがないことは火をみるより明らかなことのように思われる。

「女はどうする気だ、みな、気が荒れている。あんただって不自由しているだろう、どうせ慰安婦なんだ、一巡いただいて……」

風早だって女はほしい、ほしくないといえば嘘になる。だが、拒否し押さえなければならない。

「だめだな、そいつぁ」

「どうしてだ？」

「敵より、こわい事態になるからだよ」

「そんなら、使えもしねえめしを食う道具を、運んでやることはねえだろう。あとくされのないように消しちまったらどうだ。葬儀屋が、うまくやってくれる」

「まあ、しばらく、昨日までの調子を狂わせんでくれ。おれも生命が惜しい。お前らだって満州へ潜入できりゃあ女も自由もふんだんに味わえるではないか。少しの辛抱だ。変に思うからみなのところへ帰ろう」

野中上等兵、女たち四人の語るところによって情況判断をすると、各前線守備隊は、大部分がひそかに華中南方面に移動しつつあることが察しられる。

大陸打通作戦で、大兵力は西南支、中支那方面へ投入されており、華北も北方地帯は広大な地域に、全く一握りの守備兵力が点在しているにすぎず、それも次第に河北省の中部から南部へ集中されつつあるようであった。

駐蒙軍は早くから北支方面軍の隷下にはいったが、この北方を、長城の南側まで、その警備区域にいれるには、内蒙古の兵力がこれまた不足しているはずである。

国府の山西軍（第二戦区）は黄河の線に協定上しりぞいていたが、この方面の日本軍が手薄になると、共産軍が進出してくることは必定だった。感情上からみても、それが許せる国府ではなかろう。

中国生まれの風早には、一軍曹にすぎなくても、国・共の全く相反し、相容れない心理的対立と、複雑をきわめた内部の事情をおぼろげながらも知ることができていた。中共軍の軍規・風紀がいかに厳正であるかを、彼は知っていた。とくに風紀については厳正であったのだ。

それは、新しい国造りの情熱であった。革命、革新の新しい思想、だがその底、奥深く流れているものは四千年の伝統的道徳ではないのかとさえ思うのだ。

ものすごく非情残忍であるかと思うと、驚くほどのヒューマニティを内蔵した行動に出て、こちらがとまどわされるようなことがある。むろん、その底には思想宣伝の政治性が、チラと影をみせているような気がしないでもないが。また、そんな見方自身、自分の方に僻みがあるのかと思ったりする。

いずれにせよ、今の時と、この地帯に、日本軍が余り歓迎しない勢力が浸透しつつあるのは事実だった。

現在の兵力は、十一人が十六人にふえたが、女が参加したという危険率を加えると、プラス・マイナスして戦力と団結は急激に低下したものとみなければならなかった。

風早は、禿鷹と蠍をそっと呼んだ。

「二人に頼んでおく。上等兵はもちろんだが、女にも手を出させんようにしてくれ」

「請け合えねえな」

本心か、いやがらせかわからないが、二人だって、こうとしか答えられないだろう。

どんな事情や過去があったかは知らないが、軍馬や軍犬ですら、名前で呼ばれ、兵隊の庇護と愛情を受けてきている。彼らは番号で呼ばれ、石炭掘り、岩石割り、壕造り、飛行場設営、地雷撤去作業といった危険な場所だけで駆使された。柵の中で居食いをさせるよりも、敵の火力で消耗してくれれば、厄介ものの厄介ばらい、手数もはぶけるというものだ。使役の労働力にもなるが、死ねば死んだで面倒がなくていい。これほど経済的な労働力は他から見つけることはできなかったろう。

一人の女の死

巨大な巌のいくつもの山塊が、黒々と重なりあって望見される。胸をおさえつけられる威圧感とともに、自分たちが米粒ぐらいに小さく思え、心の奥に堪えがたい索漠感がこみ上げてくる。薄く、また墨のように濃く、いくつもの山層の襞の間に、びっしりと無数の共産軍が布陣しているような恐怖感がただよってくるのだった。

しかし、風早は有能な指揮官の根性を今までたびたび見てきている。指揮官の有能、無能は、部下の心にたちまち反映する。みごとな戦闘をやるのも、ぶざまな負け方をするのも、指揮官の指揮、統率と、心にあるような気がすることがあった。

風早軍曹は、この兵隊でも民間人でもない人員を率いて、難関を突破しなければならなかった。

野中上等兵の前に横たわっているものは、難関より疑問だった。

大隊本部付の軍曹なら長剣をさげるが、彼は拳銃を腰につっている。この方は機関銃分隊長という職分ならおかしくはない。だが、その剣も下士官用でなく将校の軍刀を、それも上衣の上につらず、輪束（わっそく）、つまり佐々木巌流はりに肩から左脇に背負っているかと思うと、腰に落とし差しにしたり、あるいは部下（げ）に持たせたりしているのだ。そのうえ立派な双眼鏡をもっているのも解せないことの一つだった。

信じろ、命令に従えということばに、約束した以上、野中上等兵もこれらの不審をあえて追究しようとはしなかった。たぶん特別任務についているという軍曹の一隊は特殊な兵隊だけで構成されているのだろう。それでなくても、自分だけが十一人から白い目つきでとりかこまれているのはあまり気持ちのいいものではないのに、事情がはっきりわかるまでは、へたにつついて事態をこれ以上悪化させ紛糾させたくはなかった。

前方に立ちふさがるこの山塊を踏破することもできなくはない。しかし、山岳を登頂すること、征服することが風早の目的ではなかった。山塊を登攀（とうはん）するのが敵の危険から避けうる最善の道ではあったが、食糧・装備の点で、それは不可能に近かった。時間もかかりすぎる。山岳を相手に危険をいどむことより、少々の危険がともなっても、歩度を伸ばす方をとらなければならなかった。

一行は、左手に峻嶮（しゅんけん）を見ながら山裾に近い道を喘（あえ）ぎながら進んでいた。

竜泉関を出たときから囚人たちは薄汚かった。しかし、その後の逃避行で髪も髭ものびほうだい、服は埃にまみれている。蒼ぐろい顔に目ばかり異様に光っていた。いつも脅えのかげりが走り、風早でさえ同様の風体になった。乏しい水では、顔を洗うなどもってのほかである。同じよごれた姿でも野中の方は、何となくさっぱりした感じをただよわせているのは不思議だった。内心の反映というのだろうか。

「風早軍曹どの」

妙にはずんだ声で野中上等兵が呼んだ。ふり返ると、

「ちょっと、双眼鏡を貸していただけませんか」

といい、ひったくるように取って、遥か下方を喰いつくように注視している。

「軍曹どの、日本軍です。間違いなく日本軍です」

風早は胸をつかれたように、野中の手から双眼鏡を奪った。野中の言葉は正しかった。数台のトラックが公路を東に疾走している。風早軍曹の内心には、かつて経験したことのない懊悩と動揺が、彼の表情を異様なくらい緊張させている。囚人たちも本能で危険を察知していた。互いに私語して、携行の兵器を構えていた。囚人たちの武器の大半の銃口が、風早にねらいをつけていることを、軍曹は全身で激しく感じていた。風早が裏切れば、囚人部隊は日本軍の攻撃をうけ、討伐される運命にあることを、彼らはだれよりも強く信じていたのだ。風早の一挙一動が敏感に囚人たちの心に反射する。だが、軍曹の懊悩と動揺は、短い時間できまった。軍曹は、すばやく腰の拳銃を抜いた。顔色が変わっていた。ねらいは上等兵の額にピタリとつけられたのだ。

「軍曹！」

「さがれ、さがらんと射つぞ」

四人たちの態度も急変した。

「訳はあとで話す。みんな、女たちを押さえろ」

四人の女も、今にも声をあげて飛び出そうとしているのであった。四人たちも、事態を察した。救いの主ではなく、まさに敵――日本軍なのだ。

何か声をあげようとした敏子を、だれかがしっかりと押さえ、口をふさいだ。他の男たちもあとの三人を押さえつけている。

「上等兵！　あの岩陰までさがれ、女もだ」

拳銃をつきつけたまま、野中上等兵を岩陰まで押しもどしていた。

「軍曹、これはどういうことです」

険悪な空気が野中上等兵と女四人をつつんでいた。野中は完全に兵隊の精神に立ち戻っていた。

「軍の最高機密だ。今、説明するわけにはゆかん」

「これはあきらかに敵前脱走です。職役離脱の罪、軍曹は銃殺の重罪を犯しておられます」

「わかっている。お前の見た限りではそうだ。しかし、それ以上の重要任務を帯びて潜行中なのだ。お前は、何でも信ずるとおれに誓った。忘れてはいまいな」

「最後の機会でしたのに」

「たぶんな……」

四人の女たちを四人の男が押さえ込んでいる。それを、石松や、むささびが、うらやましそうに見つめているではないか。

「もういいよ、離してやれ。抱けとは言っとらんぞ」

馬車馬と、葬儀屋の目がギラついている。着ているものを通してとはいっても、何年ぶりかに、じかに女の弾力のある肉体を抱きしめ、口をふさいだ手には、なまなましい女の息がいつまでもしみついてぬれているのだ。

忘れていた欲望に火をつけただけで、欲望を満たすことができないのが、拷問室へ放り込まれた以上に、苦痛を湧きあがらせ、求める心が狂暴に荒れた。

「軍曹！」

口から手を離しただけの葬儀屋は、まだしっかりハルミを抱きかかえたまま、喘ぐような声をあげた。

「離せ！　女を離すんだ！　射つぞ」

葬儀屋は、静かに手をハルミから離したが、怒りをこめた目を風早に注ぎながら、仲間を見まわすと、低い、しゃがれた声で、

「みんな、手を出すんじゃあねえぞ」

といってから、軍曹に向かって、

「てめえは、いつもそいつに頼っているようだな、素手で五分と五分の勝負はできねえのか」

風早は黙って、一番近くにいる村井に、おいと声をかけて拳銃を渡し軍刀をとってこれも

村井に渡した。

「葬儀屋、貴様が負けたら、今後、いっさいおれに逆らうことは許さんぞ」

「御念にゃあ及ばねえぜ。墓を掘るのは、おれの本職だ」

性欲を無残に中断させられた怒りが火のかたまりになって、風早軍曹にぶつかってゆく。風早の心のなかの複雑に鬱積した感情も一度に爆発したのである。

すさまじいというには、あまりにも凄惨な死闘が、二人の男の間につづいた。

「やめて！　やめて、おねがい」

叫ぶ女の声が、さらに二人の闘魂をあおったのだ。

だが、風早の放った一撃が、葬儀屋の顔面に炸裂して、ぬれタオルを勢いよくたたきつけるような無気味な音をたてた。

うめき声をあげて葬儀屋がくずれるように倒れる。風早は、倒れた葬儀屋のところまで、しっかりとした足どりで進むと、葬儀屋の胸倉を左手でつかみ、

「立て！」

と叫びながら、さらに一撃を加えようとする。女から手を離していた馬車馬が、いつか小銃を構えて、風早にねらいをつけていた。

「軍曹、おめえの好きな奴で眠ってもらうとするか」

どうとでもなれ。瞬間ではあったが、風早の心のなかに絶望のあきらめが走った。射てといいながら仁王立ちになる。女の一人が何か叫んで、馬車馬と、風早軍曹の間に飛び込んだ時、小銃の発射音が響きわたった。

体におおいかぶさって、狂ったように号泣する。

「敏ちゃん！」

ハルミと、琴枝、それにみち、三人が心臓のあたりを射ち抜かれてたおれている敏子の死体におおいかぶさって、狂ったように号泣する。

風早の手に、軽機がかかえられているのにだれも気づかなかった。

野中上等兵も、風早の反対側に軽機をにぎって立ちはだかっている。だれも何もいわない。長い、いやな時間が経過していった。低い声で最初に口を切ったのは野中上等兵だった。

「風早軍曹どの、どいて下さい」

言葉をきってから、

「こいつらを射たして下さい」

掠奪（りゃくだつ）の企図

山塊がたちはだかっている。山裾の平坦な進路を選べば、どうしても、村に近づくことになる。村を避ければ、山嶮を踏破しなければならない。

風早の心の奥の方に、どうして、あの敏子という女が、自分の身代わりになってくれたのか、その疑問の解けないのが、やりきれない一種のシコリとなっていた。

斥候には必ず風早が出た。

このあたりに大樹の少ない理由を、風土誌はこんなふうに説明する。

石炭の巨大な埋蔵地が近いにもかかわらず、昔から石炭の使用法を知らず、永年、乱伐につぐ乱伐をしたためであると。

日本の守備隊の南への転送、それも、あれが最後とすれば、八路の進出、移動も次第に活発化するにきまっている。

斥候は今までのようにお座なりにすますわけにはゆかなかった。風早は隊員と比べて倍近い労力を払っているのである。

野中上等兵一人を今のところ斥候に出すつもりはない。前の事件で、野中の心中には一抹の疑惑がおこっているはずである。あれが最後とは思うが、万一ということもあるからだ。

風早が斥候から帰ってみると、枯れ枝をはんぼん燃やして、飯盒で炊飯して、食事を終わったところらしい。

「バカ野郎ッ！」

風早の怒号が飛んだ。

「火を消せ、消すんだ。敵に発見されたらどうするッ！」

風早は狂ったように焚火を靴で踏みにじり、蹴散らすのだった。囚人たちは風早軍曹の狂態に怒るのさえ忘れて呆然となっていた。

「チェッ！　いちいち、うるせえ野郎だ、敵なんかどこにいるかってんだ。いたら見せてくれ」

「ぐずぐずいうのは、あとにしろ、山の中へ逃げるんだ。兵器や荷物を、各自かつげ！」

ブツブツ不平をいうのは彼らの習性である。お山の大将のいうことにゃあと、憎まれ口をたたきながらも一応は自分の持ち物ときまったものをかつぎあげた。

風早は走りだしていた。風早の予知は当たったのだ。耳朶(じだ)をつんざくような砲声とともに砂礫を吹き飛ばして砲弾が炸裂した。

効力射準備射撃の第一弾であった。

「みな、今落下した地点まで走れッ！」

命じながら風早も走った。炊飯の場所から百メートルほど離れていた。

第二弾が轟音をあげた。砲煙の中に、二人たおれる影が見えた、弾着は炊飯地に近く、次第に正確につづいたが、発射の間隔はあまり接近していない。たぶん一門の砲であろう。

風早は、かけ戻ってみると、坊やの死体は寸断されバラバラに四散している。足部に砲弾の破片をうけてうごめいているのは馬車馬だった。

「だれか手をかせ！」

風早は、馬車馬を肩にかついで、走った。男も女も逃げ足は早かった。風早は無我夢中で、歩け、歩け、走れ、走れと、どなる。どなりながら、巨大な裸岩の中へ、みなを誘導した。

「よし、ここなら、敵が来ても防げる」

だれもかれも欲得なしにそこへ崩(くず)折れたのである。

「大丈夫か……」

馬車馬は歯をくいしばって、痛みを堪えているのだが、岩石の山をひきずられるようにして退避したため失心しそうなくらい苦しいのだ。

「そこへ寝かせてやれ」

夏袴が引き裂け、裂けた布が出血のために接着剤を使ったように固く腿(もも)にこびりついていた。

風早は短剣を抜くと、夏袴をタテに切り裂いた。

「押さえててくれ、馬車馬、少し痛いががまんしろ」

外科医は冷酷でなくてはいけない。風早は一息深く吸い込むと、ズボンの下方を右手に巻きつけるようにして握り、凝血で、肉体にこびりついているズボンを力をこめてひっぱがした。

せっかく凝結していた血がまた吹き出した。

(うむ)馬車馬は一言うめき、額から汗を流してがまんしている。風早は患部を診た。女たちに出させておいた比較的きれいな布で傷口を何度もふきとった。

「素人でわからんが、破片は、はいっていないようだな。砲弾の破片が腿の一部をえぐりとったんだ。消毒薬があるといいんだが……」

彼は、女たちが供出してくれた布を、砲創の上におき、包帯代わりに巻きつけると、切れたズボンをその上にあてがって、さらに布で巻いた。

「これじゃあ、とても歩けないな、担架を作ってやろうじゃないか」

風早は、手ごろの木を二本さがしてくるように命じた。

「ああ、腹がへった」

風早だけが朝食も食わず斥候に出ていたのだ。あとの連中も、空腹をおぼえる時間になっていたのだから、風早の空腹には同情ができる。

飯盒に残っていた飯を集めてにぎり飯を作って琴枝が、風早のところへ運んできた。風早

は、そのにぎり飯を餓鬼のように口の中へほおばり、

「ああ、久しぶりの米の飯だな。うまい」

のどにつかえ、窒息するのではないかとハルミと琴枝は心配そうに見ていた。

轅（ながえ）も、床、負紐（おいひも）も、帯紐、横鉄（よこがね）もすべて、正式のものがあるわけがない。寄せ集めのものばかりだったが、それでも担架として役立つものを風早と野中が作りあげた。

「こんな時には軍隊って便利なものだな、何でもできるんだからな」

「はい、軍曹どの、これは立派な担架です」

今夜は、ここで様子をみることにしようということになった。

風早の情況判断によれば、それほどたくさんの八路軍はこのあたりにはいないのではないかという。

「あれた山砲だったろう。音でわかるよ、あまり上手な砲手でもなかったし、砲も一門しか使っていなかったな」

見てきたように説明するが、風早軍曹の判断は、今までたいてい、当たっていた。一言居士の連中も、何もいわなかった。もっとも、みな疲れ果てていたのかもしれない。

翌朝早く、風早は匪賊から阿片と交換で受け取った便衣に着替えている。入念に弾倉を調べ腹の中へ二梃の拳銃をのみ込むと、さらに予備弾倉と、手榴弾を三個しのばせた。

大口をたたいているが、囚人をはじめ、女も、野中もちょっと不安げな表情を浮かべて見つめている。

「どこへ？」

たまりかねたようにハルミが、みなの気持ちを代表するようにたずねた。

「斥候に出てくるんだ。心配はいらんよ」

といったが、琴枝が重ねてきいた。

「きっと帰ってくるんでしょう」

「なんだ、そんなことを心配していたのか、帰ってくるとも。おれ一人で脱出なんかできないよ、みんなが頼りだからな」

あとをだれに任そうかと迷った。普通に考えられない一隊のことだ。留守をだれにあずけるかは難問題だった。戦闘をやらせるのなら、やはり兵隊として訓練をうけている野中に任すべきであったろう。しかし、ほんものの上等兵でも若すぎる、相手が悪い。

これだけのやくざ連中を掌握することは野中上等兵には荷が勝ちすぎる。少し食いものをくれと、カンパンを受け取って懐中にいれた。

「禿鷹と蠍の兄貴」

兄貴なんていわれ、二人は啞然として風早をながめている。

「あとのことは頼むぜ、少し長くかかるかもしれんが」

伝法口調だ。

「兄貴、女の子と間違いをおこさせないでくれ、頼むよ」

言いすてると、風早は猿のように岩と岩との細い襞の中に、その後ろ姿を消した。

風早の言ったとおり、なかなか帰ってこなかった。だれも直接、口には出さなかったが、わざわざ便衣に着替えたり、食糧をもったことなどを考えあわすと、もしかしたら、という不安や疑いが起こらぬものでもない。

馬車馬の介抱は、女たち、ハルミ、琴枝、みちの三人が受け持っていた。さすがに仲間の一人が重傷を負って、看護されているのをみると、そのそばにやってきてまで、妙な行動にもでられないのか、この情況下ではいくらか安心していてもいいようである。

「あの野郎、支那語がうめえからな」

逃げたのかもしれないという四二四番の口吻を聞きとがめたのは馬車馬だった。

「おれたちを見殺しにする男じゃない」

四二四番は、

「おめえ、いつから奴の子分になった。はじめから一番憎んでいたのは、てめえだったはずだが」

シッ！　野中上等兵がみんなを制し、軽機をかかえて、岩間におりていった。低い話し声が聞こえ、軍曹と野中が戻ってきた。

風早は帰るなり、

「何か食わしてくれ」

またまた、口の中に食物をほおばりながら、

「座して食えば山をもなんとか……」

ときどき、風早という男は奇妙なことを口にする。長い軍隊生活の中でしみついた一つの

癖であったのだろう。

「村を襲撃して、食物を掠奪しようと思うんだ」

風早の語尾が、まだ終わるか終わらない時だった。釣針に喰いついた魚のようにひっかかってきた男がいる。

「焼くな、殺すな、盗むなって、うるさく言ったのはだれだ。そのため仲間が一人銃殺になったぞ」

長庵だった。

だが、指揮官公認の強盗をやろうというのだから、囚人たちが本心から反対するはずはなかった。

「通匪村だ。良民村じゃあない。八路の連絡村かもしれんのだ」

「間違って良民村だったら、どうするんだ」

と長庵が意地悪くからまるようにきいた。

「いい質問だ。その時は阿片と必要なものを交換する。その方がありがたいが間違いなく匪賊村だよ」

「よいしゃ、きまった。一丁ゆくか、でいりはおれが本職だ」

やくざ出の蠍がはりきる。

「待ってくれ、でいりとは違う」

禿鷹が、女と馬車馬の方に目をやってから、低い声で、どうするときいた、風早は、それが大丈夫なんだ、策ありというような返事をした。

風早は馬車馬のところへ立ってゆくと、

「どうだ、ぐあいは」

馬車馬は風早を仰いで、じっと見つめた。

「痛むか、集落へつけば、何とかなるかもしれないが、それまでがまんするんだ」

目の中に感情をたたえて馬車馬は何か言いかけようとしたが、うまく言葉にならないのだ。

「馬車馬が弱音を出しちゃおかしいだろう。これからやることをみれば、いっぺんに元気になるはずだ。こいつはふところの中に深く隠しておくんだ。万一の時……と言っても、自分を射つためじゃない、敵がお前の部屋へ闖入（ちんにゅう）してきた場合の用意なんだ。間違えてはいけない」

風早は、拳銃を馬車馬の手に渡してやる。

「野中」

と呼んで、

「このひとたちに、きみの拳銃を貸してやってくれ。それと手榴弾を、みなにありったけ分配しておいてくれ。操作を教えて、今のうちにどこか、見えないところへ隠すように」

指示を与えてから、

「すんだら作戦会議とゆこう」

風早は棒切れをとると、大地の上に、現在位置がここ、この岩山の間をおりて、こう行くと、やや平らな場所に出る。この平地のこの地点が村、村といっても、戸数は三戸しかないが、そのうちの一番大きい家に、あと二軒の人間も集まって住んでいるのか、あるいは、どこかへ出ているのか、ともかく二軒は無住のように思える。

目的は、その一番大きな家であるが、と、だいたいこのあたりの家の形式を説明した。くどく説明するにも及ばなかった。彼らも村の家屋様式ぐらいは知っていた。

「兵員の配置は、中へはいってみないとわからんからその時指示するが、だいたい……こんなぐあいに」

と、ふたたび彼は大地に図を書いて、ここにはおれ、ここは禿鷹というように配置を指示する。

「さて、面倒だが、いま一つ担架を作ってくれ」

軽機を女たちの着替えにしっかりつつみ、弾薬箱など女たちの衣装や持ち物のように擬装した。これは、新しい方の担架にのせて運ぶことにした。

「何をやるのか教えなよ」

と、興味深げにきくむささびに、

「戦闘をやるのさ」

兵器の員数を点検し、坊やの死で小銃一を失ったが、野中上等兵が女たちとともに二梃携行していたので都合八梃。

禿鷹、蠍、四二四番、長庵、秋田、葬儀屋、石松、秀、この八名が一梃ずつを携行。軽機は、風早と野中が受け持つこととする。野中の拳銃一は女三人に手榴弾とともに携帯させ、風早の二梃のうち一梃の拳銃は馬車馬に渡してある。

配備は現場について現場を見てきめることとする。村に近づくまでは、今までどおり、男たちが交替で、二つの担架をかつがなければならなかった。

　風早が身がるな装備で斥候に出た時とは違い、時間もだいぶ余計かかるにきまっていた。

　ずっと将来のことは、ともかくとして、一つの目的に直面しているということは、今までになくいきいきとみなの動作をよみがえらせていた。仲間の担架をかつぐ足もとに力がはいり、ひとつ間違えば、無残な死に方をしなければならない戦闘の非情というものなど、少しも意に介していないようで、むしろ、ひどく陽気にみえるのだった。

　戦闘を任務とする風早自身だって、できれば避けたいのだが、この男たちは、争闘の中にも自由な自分や本能を発見しているのでもあろうか。

　村の方から目測できる位置に近づくと、風早は自分の軍服を整え、打ち合わせたとおり二つの担架の分担者はその位置についた。

　馬車馬の担架は、ハルミ、琴枝、みちの三人が引き受けて替わった。

「悪いな」

　馬車馬が、なれない仕事に真剣にとりかかっている女たちを見て、まるで子供がべそをかくような表情でいうのだった。

「大丈夫よ、村まで、そんなに遠くはないもの」

　琴枝が励ますようにいった。重いというより、前後調子をはずさぬようにかつぐのは、やってみるとやさしくはなかった。

　擬装の担架の方は重い。石松とむささびは銃を、担架の上にいつでも手にできるようにおいて、負い紐に首をかけた。風早が注意を与える。

「一番は左足から、二番は右足から踏み出すんだ」

野中が笑いながら、一番とは前のにない手で、二番は後のにない手であると注意をつけ加える。

刀帯がないので、風早は軍刀を腰に直接さしていた。一梃の拳銃をケースにいれて上衣の右につり、先頭に立った。

禿鷹、蠍、四二四番、長庵、秋田、葬儀屋も、野中上等兵が手伝って、日本兵らしく服装、装備の点検を終えた。

食糧がほしいための行動だったが、できれば重傷の馬車馬を村で手当てをしてやりたい気持ちもかくされていたのだ。

「日本軍は撤収すると見せかけ……」

風早がいいかけるのを、秋田がひったくるように、それは事実なのだろうと言葉をさしはさんできた。

「村の奴らには嘘を吹き込むのさ。日本軍は、最近発明された性能の高い兵器とともに兵員を、河北北方に密送展開している。おれたちは、その連絡挺身任務についているが、おれたちの前後には有力な日本軍が浸透しつつある……これが、村の奴らに信じさせる現在の情況だ」

「するてえと、たった一人の患者を後送するのに、軍曹を長とする一個分隊の警備兵に、看護婦三人が付き添いってことになるんでりかい」

「石松、うまいこと言うね。そうだよ、日本軍が劣勢になったなんて嘘八百ということだ。

精兵が余ってるってわけさ」

風早軍曹を先頭に、禿鷹、蠍が二列に、次に四二四番と村井長庵の二人が並び、その後に擬装担架をかつぐ石松と、むささび。次が馬車馬をのせた担架の女三人。その後方に葬儀屋と秋田が二列にならび最後尾は野中上等兵である。

もう村からも、この一隊が村に向かっていることははっきり視認できるだろう。

風早が腰の拳銃を派手に右手にとるのを合図に警備兵はすべて小銃を左手に握り、右腰に構え、引き金に指をかけて、いつでも射撃のできる体勢を誇示し、最後尾の野中上等兵は、銃を構えながら砂を巻いて一隊を走り抜いてゆく。

（みな、なかなか芝居け濃厚ではないか）

風早軍曹は、ほくそえんだ。

射ってくるものなら、ここまでに射ってくるはずである。野中は引き返すと、風早軍曹の前に不動の姿勢をとって報告する。これも演技の一つであった。

村の五十メートルほど手前で行軍を停止すると、風早軍曹の背後の四人が散開し、野中上等兵が、葬儀屋と秋田を引率して早駆けで、村の後方、周囲の偵察に出かけてゆく。これもすべて芝居の一コマであった。

昔、だれが使っていたかはわからないが、この辺地にしては少し広すぎる住居だった。

近代の都市は別として、地方の農家ならどこでも、これが建造物の常識であるが、四方を牆壁（チャンピー）でとり囲んでいる。外敵からの防御用の壁である。それに型だけでも望楼（防賊台ートーチカ）までしつらえられてあった。正確には礮台（ホウダイ）と呼ばれるものである。

本来、住居は、間取り、外観、棟の配置などすべて左右均斉に造られるのが常道だった。

全体の構造を俯瞰（ふかん）してみると、南正面に大門（ダーメン）があり、大門の向かって左に倉庫があり、右は馬小屋である。大門をはいったところは広い前庭になっていて、倉庫の左前に穀倉があり、前庭の東の右すみには、ふつう家畜小屋があるのだ。

前庭と院子（ユァンズ）（内庭）との間を二つに仕切っている建物があって、その房の中央には前庭から内庭への入り口に影壁（インビー）がある。

影壁は、見通しのきかないような役目を果たし衝立と訳した方が当たっているのではないだろうか。庇屋根（ひさし）のついた極彩色のものだが、『福』などめでたい文字が描かれているのだ。

建物の規模によっては大門の外に二門（アルメン）（中門）とか太平門（タイピンメン）、これは非常口で、側門（サイメン）などがある。

二門（アルメン）の中は、広い院子の正面に正房（ジョンファン）、左右両側に廂房（シャンファン）がある。前庭と院子を区切る二門のある塀にそって左右にあるのが中房と呼ばれている建物だ。

大門の塀の左右の棟は門房（メンファン）とも呼ばれる倉庫、馬小屋に使用される建物だ。

正房の向かって右の第一の間が主人の部屋、左の第一間は主婦の部屋である。妾は、同じ屋敷内のどこかの房をあてがわれる。正房、中房、廂房（シャンファン）のどこかに日本とは異なって公認で住むわけである。

中房・廂房は家族の部屋であったり、時に使用人の部屋として使われることもある。炊事場は中房にある場合もあれば、廂房・耳房にあることもある。耳房とは呼んで字のごとく正房の両端に、耳のような格好についている。ふつう正房の左端、耳房の手前に女便所があり、男便所は廂房の北側についているのである。正房の背後は後院と呼ばれている。

　これは豪農のつくりであるが、習慣や伝統、家相、方角をやかましくいう中国、とくに漢民族の間では、規模構造の大小はあっても、房の所在や位置は大同小異といっていい。東と北に道があれば凶宅の相であるとか、四方が道路に面している家の主人は井戸に身を投げる、敷地が三角ならば主人は縊死すると、家屋敷にまつわる迷信は実に数えきれないほどある。

　廃屋とみられる背後の二戸付近を偵察に向かった野中上等兵らが戻るのと、一人の老人が、大門の前に出て一行をうやうやしく出迎えるのとほとんど同時であった。

　今のところ、いちおう、この建物の周辺には疑いをはさむ何ものもなかった。

　老人に案内され、正門からはいってゆく風早軍曹は油断なくあたりを見まわし、公務中と老人に断わりをいって野中上等兵とともに前庭内の建物を点検した。

　風早だけではない、禿鷹や蠍にも老人の目つきが気にいらなかった。炯炯たる眼光といいたい不敵な光をもっていた。それだけではない、女けがない。老人の紹介する息子、使用人という七、八人も、ただの農夫とは思われなかった。

　どこかに銃器弾薬もかくされているのだろうが、すぐ捜索するなどとへたなことはいえない。老人は、東西の廂房を自由に使ってくれと、彼らを案内した。

「軍曹、ガンに狂いはなさそうだな」

　蠍が小声でささやいた。

「たぶん、歓迎と称して酒を出すだろう、油断をしないようにみなに指示しておいてくれんか」

公務中の兵隊なのだから、遠慮なく房の前に一人ずつの歩哨を立てよう。

たえず風早は思考の網を張りめぐらしていた。ここはゲリラ隊の中継地と信じていいようだ。もしおれがゲリラであったら、この女三人、重患一の一個分隊の兵をどう処理するだろう。見たところ、拳銃と小銃、それに若干の手榴弾を携行しているらしい、総計十四人を殲滅するには、飲ませるだけ飲ませ、疲れ果てて寝入っているところを包囲して猛襲するだろうか。戸外は、相当広い遮蔽物の皆無の平地だ。油断させ、出発したところを追尾して攻撃をかけることも一法であろう。

兵力も兵器も敵にまさっている場合はこの方法も悪くはない。

相手が、こちらを信じ、油断して寝込んでいれば、深更から朝がたにかけて包囲する方が殲滅するには良策なのではないか。

風早は、きっとこの手でくると思った。老人たちは、こちらの考えをよみとってもいず、病人と女をかかえて、村民の親切に、すっかり甘えきっていると信じているに違いないと思う。

野中上等兵が直立不動の姿勢で、風早の前に立った。

「隊長どの！」

東西の房の部屋割りを指示してくれというのである。野中は、こっそりと耳打ちする。正房をのぞいてみたが正房にもまず怪しいところはないと思われると、報告した。

（なかなかやるじゃないか）油断はならない、われわれが村に近づいたとき、隠さねばならないものは、どこかへ片づけたのかもしれない、間違いなくゲリラであるから油断せぬよう野中に注意を与えた。

東の廂房には、村にはいった時の擬装担架から前の人員、馬車馬の担架以下は西の廂房を宿舎に二分することにする。

風早は、擬装担架のところへ、野中とほかに二人を付けて、村民を絶対寄せつけないように命じた。馬車馬のことが気にかかり、かれを西の廂房の一番奥へ運び込むと、仲間にいいつけて四人がかりで、ソッと炕（おんどる）の上に寝かせた。過激な行動と、きたない処置で、化膿しているようであった。片足と比べて、倍以上にふくれあがっている。

（隊長さん、何もありませんが）と、老人が若いものをともなって、大皿に焼肉や、マントウ、白酒などを運んできた。

風早は、多謝多謝と巧みな中国語をあやつって礼を述べると、老人は、彼の語学を立派だとほめそやす。風早は、河北生まれで、小学校からずっと中国で育ったと話すと、老人はますます相好をくずして、不自然な世辞を述べたてるのだった。

風早は、むろんだめとは思ったが、部下が怪我をしているが消毒薬や治療するものを貸してはくれまいかと申し出ると、意外にも包帯や傷薬なら少しばかりあると持ってきてくれた。

風早の疑念はますます深まるばかりか、疑いは信念に変わった。山の中なので、ちょっとした怪我のために、いちいち遠い町へ医者を呼びに行けないから、というもっともらしい老人の言葉も、いたずらな弁解にすぎないということがわかっていた。ないといって、それを理由に家さがしされてはと、怖れたのかもしれない。中国人は普通薬草類しか使いたがらない。

火をたき、湯を沸かさせた。

老人は、さあさあと酒をすすめる。しかし風早を始め、いや、風早が渋っているのは、危険を感じているのであろうと、さすがの囚人たちも手を出さない。

老人は何を感じたのか、肉をつまみ、白酒を飲んで（お毒味をしましたよ）という。毒薬の用意まであるわけがないとは思ったが、要心を重ねるにしくはない。

風早も礼儀上、白酒をうけた。そして、馬車馬の枕もとにもっていって、

「こいつをうんと飲めよ、麻酔剤がないから痛むかもしれんが、がまんしろ」

砲弾の破片はともかく、細かい砂利か土がはいっているのかもしれない。風早もやったことはないが、切開して膿を出してやろうと思う。

「ほんとか嘘か知らんがね、おれは軍医におどかされたことがあるんだ。日露戦争ごろの話じゃあないかと思うんだがね、腕には貫通銃創をうけてたやつの、銃創のアナの中へ、荒縄を通して、両方からゴシゴシこすったというんだ。電気がおこって滅菌になるんだとさ。腰を抜かしたくなるような話さ、それよりはましだとあきらめてくれ」

包帯代わりの布の下のズボンもその下の布も今度は膿がニカワのように固く付着してしまっている。野中の帯剣を借りて布を切り裂き、ズボンを脱がせた。ナイフは火中で消毒した。

「みんな力いっぱい押さえつけてくれ」

風早は、患部にナイフをいれ、一気に切り開いて膿を押し出すと、老人のくれたガーゼを

白酒にひたして、血膿をもみ出すようにしながら何度もふきとり、傷薬をつけたガーゼを開いた肉の上にかぶせ、包帯を巻いた。

　替わりのズボンをはかせてやる。馬車馬は劇痛のために脂汗を浮かべ失心状態であった。例の集落外で射殺した男のものだということを、馬車馬は覚えていたであろうか。

（さあ、ごちそうになろう）久しぶりの肉や酒だ。だが、心から安心して飲むのは危険だ。禿鷹や蠍も、元来、酒には強い方であったが、長い囚人生活で酒の味など忘れてしまっていた。おそらく飲めば泥酔するのではないか、必ず来るであろう夜襲を考えると飲む気にもなれない。風早から、ときどき任される任務を遂行しているうちに、いつのまにか責任を感じるようになっていたのかもしれなかった。

（万一ということがある。あまり一ヵ所にかたまらないようにしろ）

　こまごまと注意の耳打ちをしておかなければ、敵が場所を選ばずやる気なら、ひとかたまりの中へ手榴弾を二つ三つ投擲すれば事はすむ。

（にぎやかにやれよ。野中君、得意のハーモニカで伴奏を頼む）

　野中上等兵は、これも風早が村民に油断をさすための作戦と感じた。風早は飲んだふりをしながらスキをねらって空いた水筒に白酒を移した。野中もそれにならった。竜泉関を出た日、員数外の水筒を余分に持ち出したことは今となってたいへん役立った。

　兵隊なのだから、べつに怪しまれることはない。銃はいつも手もとにひきつけておいた。怪しむのは怪しむ方がおかしいのだ。

風早より、若い野中の方が無統制の囚人に気をもんでいるらしい。しかし、よくしたもので、食糧のためにいずれまもない時間内に殺戮をしあうのだと心にきめているためか、風早の言葉はもちろん若い野中の注意にも耳を傾ける。

全く別世界に生きるこれらの人間の集団も、すぐそばに外敵をひかえているという意識は、つまらない反抗のための反抗をも抑制することができるもののようだ。

風早は、老人はじめ若い連中を誘いに行った。酒宴の席に、一人おき二人おきに村民を加えるよう座席の配置をするのも深謀遠慮の一つであったのだろう。また、老人が、風早の誘いを欣んで受けいれ、拒まなかったのと、風早の深慮を見抜いていて応じた遠謀でもあったのだろう。狐と狸の化かしあいだが、すくなくとも表面的には日・中、和気あいあいの酒宴であった。だいぶ長い時間が、こんなふうにたって、中には（ああ、おれが立哨だったっけ）などと、きかせゼリフを残して立ってゆくものもある。

だが、立哨といいながら、牆壁に銃を抱いてもたれかかっているうちに、いつのまにか土床に尻をつき、くの字型にいぎたなく寝入ってしまうのだった。

酒宴が終わると村の内外は、死んだような静寂に落ちていた。

西の廂房の右の部屋には、手術で膿を出してもらった馬車馬が、苦痛止めに飲まされた白酒のききめなのか、ぐっすりと寝入っていたのだ。

ハルミ・琴枝・みちも、左の部屋で、これも心労や看護疲れで泥のように寝込んでいた。

中央の部屋には炕がなく、いろいろなものが雑然とおかれている。

三人の女たちは、腰かけられるぐらいの高さの炕の上に、窓の方を頭にして並んで寝ていた。

炕の説明をちょっとしておくと、炕の広さは普通三畳ぐらいと思えばいい、女三人が枕を並べるには充分といえた。

冬ならば炕は下から暖められて、薄いフトン一枚で充分暖がとれるのだ。中国人は普通、窓の方に足を向け、土間の方を枕にする。

馬車馬の寝ている部屋と同じ造りであった。

村の酒

「隊長……」

風早はパッと目を開いた。

「もぬけのカラです」

風早が腕時計を見ると、野中上等兵が二十三時五十分であると報告した。風早は正面を守備して、軽機弾薬手としては女を使うことになっていた。

「野中上等兵は、軽機を携行、北壁正面の守備につけ」

手早く乱れた服装をなおし、拳銃をサックから出して、弾丸を薬室に送り込み、安全装置をほどこして、もとにおさめる。

野中は、擬装担架を解いて、二梃の軽機関銃を取り出して点検し、弾薬箱を土間に半々にならべ、すでに目をさまして、身づくろいにかかっている男たちに、

「隊長は、みなを起こしに行ったから、銃を調べて、戦闘配置について下さい」

野中は、囚人たちに話しかけるとき、どうしても年輪の差と、兵でないと思うから命令口調になれないのだ。

「よしきた。坊やが戦死したあとは、おめえが坊やや。なあ、坊や、坊やでもやっぱり上等兵やな、なかなかやりおる」

禿鷹が、帯剣を抜いて着剣するのを見つめながら、初めから白兵戦でもやるつもりかと、禿鷹のはりきりぶりに、あっけにとられていた。

蠍が、弾丸を数えながら、

「坊や、軍曹な、あいつ、戦争うまそうか」

ときく、野中もたびたび交戦したが、初めての時は膝がガクガクして、口の中が渇いて、こんなに気やすく口はきけなかった。この二人は、初めてのくせに、クソ度胸というか、銃戦をまるで街の喧嘩ぐらいにしか感じていないらしい。

「なれてますね、任官そうそうの将校など、足もとにもよらないでしょう」

右手に拳銃をにぎり廂房を飛び出した風早は、すぐわきの牆壁に、くの字なりに寝込んでいるむささびの前に立つと、眠っていると思ったむささびの秀が、むっくり立ち上がり、兵のまねをして立て銃をして、

「来るかね　奴らは」

とたずねる。

「むささびが……なかなか、兵隊がイタについてるな。どうやらお客さんらしい。ただし、人数はわからんがね」

肩をたたいて、

「さっきね、裏側から抜け出す影を見たんだがね、坊やが猿みてえに飛びまわっていたんでね、軍曹に報告するだろうと思って、ここで見張りをつづけていたってわけさ」

「石松と二人で両方の庭の内を受け持ってくれ、戦闘になったら連絡係だ」

「パンパンやれねえのか？」

「射つ方よりこの方がむずかしい。一つ頼む」

むささびの秀は西の廂房の方へ行きかかる軍曹を、

「隊長……」

と呼びとめた。

何だいとふり返る風早に、

「実は、兄貴に頼みがあるんだ」

言いにくそうにもじもじしているのであった。

「何でもきくよ、むささびの兄イが気兼ねをするなんてガラにもない」

「おれぁ、スリでね」

「聞いたよ」

「だいぶ前のこった。ちょいとクセを出してね、軍曹の前で言っちゃ悪いが」

兵隊が、金目（かねめ）のものを持っているわけはない、ほんの悪戯（いたずら）の気持ちでスッたものの中に、母親らしい人の写真がはいっていたというのだ。返したいにも返せず、どうも、これをもっていては死んでも死にきれない。なんとかして、さがし出して返してもらえないかというのだった。

風早だって、返せるかどうかはわからない。しかし、むささびの秀の心の重荷は軽くしてやりたかった。

「いいとも、引き受けるよ」

言ってから重ねて、

「責任をもってな」

むささびは薄汚れ、黄色くなった半紙に包んだ写真を内ポケットから出すと、風早に渡した。

「これで安心して死ねるってもんだ」

「死にゃあしないよ。ここまで来たんだ、生命はお互いに大事にしなければ」

隊長といってみたり、さんづけでからかったり、軍曹と呼んでみたりする。

しかし、形式形式にとらわれ、しばりつけられている兵隊よりも、彼らの方が人間なのかもしれないと思うこともある。

風早は、だれのかわからない母の写真を胸のポケットに収めて、西側の房に急ぎ足ではいっていった。

その左の女の部屋の両開きの扉をあけて、四二四番がぬっと侵入してきた。酒で顔はまっかになっていた。この男は、前から本名はもちろん、綽名（あだな）でも呼ばれることをきらった。いや、呼ばせなかった。

最後の入獄でつけられた四二四番、四二四号、それを自分のもっとも好む呼び方として珍重もし、愛してさえもいるようであった。婦女暴行、強盗傷害前科何犯の囚人だったのだ。もし、どうしても救いがたい人間というものがあるとすれば、四二四番などは、その代表的な標本であったろう。

この男は初めから、いちばん若く、美しいハルミにねらいをつけていたのだが、いい機会がなかった。

奇襲を受けるかもしれないと、風早も仲間も緊張しているのを、四二四番は、臆病者の妄想だと肚（はら）の中で冷笑し、来たら来たときのことでいいじゃあないか、長いあいだ飲まなかった強い酒を飲んだ勢いも手伝って、今夜こそ、風早や仲間のスキをねらって、ハルミの肉体を奪おうと、西の房の女の部屋を押しあけたのである。

薄暗いなかに、ハルミの白い顔が浮かんでいる。四二四番は酒や女から引き割（さ）かれて実にながい歳月をすごしてきた。酒は久しぶりに飲んだが、不思議と酔えなかった。女の顔を見つめていると、つきあげてくる欲望に、ゴクリとナマ睡をのんだ。

四二四番は、目的意外の女が二人同室しているということなど問題にしていない。（べつにハルミひとりにきめることあねえや）と不敵なことまで考えていた。彼は、ハルミがからだに掛けている薄っぺらな汚ないフトンを荒々しくひっぺがすと、たくましい力で一気に押さえ込んだ。

ひ弱なハルミは、一言、叫びをあげたまま、四二四番の右手が、かの女の頬で派手な音をあげる。それだけですでに抵抗を失ってしまっている。

隣りに寝ていた琴枝はハルミに襲いかかっている男の姿を見ると、ハネ起きざま、四二四番に武者ぶりついたが、強力な彼の片手で、軽くハネ飛ばされ、炕（カン）から土間にころがり落ちた。

いちばん端のみちも目をさまし半身を起こしたが、野中から与えられていた拳銃は、ハルミが枕の下に入れて寝ていた。手榴弾はあるが、まさか投げつけるわけにはゆかない。

腰をさすりながら立ち上がった琴枝が叫んだ。

「およしよ！　その娘は何も知らないんだから。よさないとみんなを呼ぶわよ」

だが、琴枝のこの救援の言葉は、かえって四二四番の劣情をあおったようだ。

「呼んでやんな、みんなおみきをいただいたあとで、よろこんで見物するぜ」

卑しい笑いを浮かべる。

匪賊集落だというので、こちらから仕掛けたくせに、男たちはふるまい酒に酔っぱらってしまっているのかと琴枝は腹がたった。みち同様手榴弾のことに思いついたが、多分やってみなと相手にしないだろう。ハルミを抱いているのだ。ハルミが楯になる。こんな獣といっしょにハルミを殺すことはできなかった。

琴枝はサッと上衣を脱いだ。下着を荒々しくむしりとった。豊かな二つの乳房がゆれた。

「あんたと寝るわ」

穿（は）いていた兵隊用の夏袴の紐に手をかけるのだった。

数知れぬほどの男を相手にしてきた琴枝の素裸の上半身を、むきつけに見せられた四二四番は、押さえ込んでいたハルミから力を抜いた。

「下はもっとすばらしいだろう」

卑しくも舌なめずりをし、くれるという方を先にいただいておいて、あとでハルミも奪えばいいと、勝手な計算をする。四二四番は、

「あがってこいよ」

覚悟をきめた琴枝は、それでもハルミといれかわり、ハルミの枕の下の拳銃がうまくとれるなら四二四番を射殺してやりたいと思った。

「見てな、あとで楽しませてやるからな」

琴枝は、ズボンを脱いで、フトンの中へもぐり込んだ。四二四番は、手荒く上衣を脱ぎすて、ボタンをはずすのももどかしそうにとった。シャツも土間へたたきつけたのだ。

四二四番が、女の部屋に闖入（ちんにゅう）したすぐあと、風早軍曹も、西房へ急ぎ足ではいっていった。馬車馬を見舞ってから、三人の女たちに給弾手の任務を与えなければならなかったからであった。

馬車馬はよく寝ている。起こそうかと思ったが、ここまで敵に侵入されては、いや、侵入させることはあるまい、あとにしようと、女たちの部屋に足を運びかけようとすると、

「隊長……」

「起きてたのか？　痛みはどうだい？」

「やっぱり、ここは八路村だね？」

「ゲリラの中継地らしいな、心配せずに、ゆっくり寝てろ」

「畜生ッ、起きられたらな」

「これっきりならいいが、また働いてもらう時が来る。始まったら石松か秀が連絡に来る。サクラって合言葉をかけない奴は遠慮なく射つんだな。まあ、ここまではいり込まれてはお手上げだがね、心配しないで寝ててくれ」

「すまねえ」

「泣かせるんじゃあないよ」

左の女部屋をあけた風早は仰天した。ハルミとみちが抱きあって立ちすくんでいるすぐ前で、裸の四二四番が、琴枝の寝姿の上に乗りかかろうとしている。部屋じゅういっぱいに、酒と、すえたような淫猥なにおいがたちこめていた。

「風早さん！」

ハルミが叫ぶと、ふり返った四二四番が、

「チェッ！　とんだところへ北村大膳か、邪魔ばっかりしやがる」

風早は本気で腹をたてた。

「何てざまだッ！」

「ヘッ！　こういったざまさ、どこが悪い、男は女がほしい、女は男がいるんだ」

「いいかげんに黙れ！　バカ野郎、ただではすまさんぞ！」

琴枝は手早く着衣をまとった。

「風早さん！」

「聞いてるヒマはない。敵襲だ」

「敵襲？」

みちも驚いてききかえす。

「敵なんてどうだっていいや。どうも、てめえは気にいらねえ、一丁こい」

「バカッ！　貴様との喧嘩はあとだ。さあ、武器をとって配置につくんだ」

全員が静かに内庭に集まるのに五分とかからなかった。

「琴枝、きみは馬車馬についてってやってくれ」

風早は南の正門に、弾薬手としてハルミをつける。裏の北方正面は野中上等兵が、同じく軽機で守備。禿鷹と、四二四番が南牆壁の角から東壁、葬儀屋は、北壁と東壁の角を中心に、野中軽機の弾薬手はみち。秋田と、村井長庵が北壁の角を中心に西牆壁全線を蠍とともに守備する。

全陣地内の連絡は石松とむささびの秀が担任する。

「馬車馬の室へはいる時は大声でサクラと叫んではいらんと、射たれるぞ。さてと、たぶん襲撃してくると思うが、いつになるかわからない。ジッと音をたてずに待つ。勝負は一瞬できまる。できるだけ近づけて射つが、おれが命令するか、おれが射つまで射ってはならん。あわてて射つな、北は野中がなれているが、もし、他の壁面に敵が近づいたら、足音をたてないようにおれに連絡する」

風早はみちとハルミをそばに呼ぶと、前にも説明したが、いま一度、給弾兵の仕事と射ち尽くした場合、カラになったタマをこめる処置を教えた。

「根くらべだ。それから小銃はよくねらって無駄弾を射たんようにな、配置についてくれ」

連絡兵の石松と秀には全体の情況を急速に連絡しなければならないが、できるだけ壁にそって走るよう、庭の中央部を避けないと敵弾に当たる危険があることを、風早はくどく教えなければならなかったのだ。

「動くものはすべて射て」

配置は万全のはずである。

かたちばかりの防賊台はあるが、敵もそこをまず攻撃するだろう。無視することにする。待つことは、たしかにつらかった。それも必ず来襲するとはきまっていない敵であったからだ。疑心暗鬼にすぎないかもしれなかった。だが、もし、何事もなくすぎれば、単純な彼らだから、一度で風早への信頼は失墜する、それればかりでなく、彼が企図しているものは、いたずらな掠奪行為になってしまう。

また、もし攻撃があれば、こちらにどんな損害がでるかもわからない。毛を吹いて疵を求めることになる。仕掛けなければ、何の損害も生まれなくてすむ。しかし、実際に、現在の食糧事情ではこれから二日とは保たない。その場合になれば、さらに醜悪な弱肉強食の地獄が現出するにきまっていた。

北の守備にあたっていた野中上等兵は、琴枝の口から意外な言葉をきいた。名は慰安婦には違いないが、ハルミは何も知らず、商売に出ないうちに、後方へ転送されたというのである。だが、もし、どこかの駐屯部隊に配属されれば、そこで、商売を始めなければならないのだときかされた。

（あたしのように、海千山千じゃあないのよ）

とハルミの境遇を教えた。

南正門の守りについている風早は、ハルミを残して、四方の配置を見てまわった。部隊なら（概ね良好）と講評する出来である。

正門を離れるとき、ハルミにはまだ心配ないからジッとしていろと言い残したが、残されたハルミは心細く、風早というひとは、とっつきにくい、女を見るのに石コロでも見るように冷たい人間だと人物評を下した。

坊やという男が戦死して、二代目の坊やにされた若い野中上等兵と、どうして組ませてくれなかったのかと、この方はさらに不満に思っている。

風早軍曹が、一番若く、しっかりと守ってやらなければ、一番先に参ってしまうに違いないと心配したための配置ということを、ハルミの方は知らなかったのだ。

野中たちは、高さ一丈の壁に、ちゃんと足場になる台をもち出して敵の攻撃をいつでも受けられる態勢をとっていた。野中が、簡単に調べた正房から中房、家畜小屋などをいま一度、ざっと見まわってみたが、危険を感じなければならないものは見当たらなかった。

急いで、心細そうに門の陰に身を潜（ひそ）めて待つハルミのところへ帰ると、

「こわかったか」

ときいた。

時計を見ると一時近い。まだ一時間しか経過していないのに十時間以上に感ずるのは禿鷹たちばかりではなかった。

「あのひとたち怖ろしいひとですわね」

何か言葉を口にしないと、自分が生きている保証にならない。そんな不安に襲われる。風早に叱られるとは思ったが、低い声で話しかけた。琴枝は、会った直後、あいつら囚人よとズバリといってのけたが、ハルミも、そのあとで、風早をのぞいて、あとの男たちが普通の人間でないことを知ったのだ。その囚人と、正規の軍曹が、なんのためにこんな逃避を重ねているのか、ハルミの理解の外にあった。

風早も低い声でささやきかえした。

「あれで案外、単純で正直ものさ。むしろ人がいい奴らかもしれん」

囚人——犯罪者が、なんで人がいいのだろう。現に、自分を犯そうとした。琴枝が守ってくれず、風早がはいってこなければ自分はどうなっていたか知れない。

「来た……」

地に耳をつけるようにしていた風早は、ハルミに、石松か、む、さ、さ、びをすぐつれてくるよう、壁に添って早駈けで行けと命じた。背を低くしてとつけ加えた。

ハルミは石松をつれて戻った。

「来たとみなに知らせろ、野中の方の様子がわかったら聞いてきてくれ」

門の陰に倉庫から出した雑穀のはいったマータイ袋をつみ重ね、その上に軽機をすえた風早は、ハルミを自分から三メートル以上離れた牆壁のすみに行くように指で示した。

ハルミは首をふって拒絶した。そこは安全かもしれないが給弾兵の役目を果たすには離れすぎていたからである。ハルミは、風早のすぐわきについたが、風早に注意されて横に伏せた。予備の弾倉には弾丸をつめておいた。

風早が全弾討ち尽くすまで、ハルミの任務はなかった。

石松が小走りに、足音をたてず戻って来た。石松はハダシになっている。足音がしないはずだ。

石松が野中のところへついた時は、まだ、敵の影は見えなかったが、たった今、目測約二十名ほどだが、迂回して、静かに近づきつつあるという報告だった。

敵にとって月あかりは不運だ。敵は夕方からの酒宴で、全員熟睡中と信じきっているもののようである。

「石松、おれの軽機が鳴ったら、射てと伝えてくれ。おい石松、あまりはりきって飛び出すんじゃないよ」

ハルミは動悸がはげしくなり心臓が今にも裂けるのではないかと思った。実戦ずれのしている軽機関銃分隊長でない、戦闘は素人の女の目にも、敵の影がハッキリ視認できるのに、風早は引き金に指をかけようともしていない。

こわさでそう感じるのかどうか、敵は、七、八十メートルのところまで迫っているようだ。支那靴のせいか音はしないが、姿勢も低くはなく、小声ではあるが話し声まできこえる。あまりに夜が静かすぎた。

ああ、もう距離は五十メートルもないのではないか、そんな気持ちで風早の手に注目したとき、風早は静かに引き金に指をかけたようだ。

射つ寸前に左手をちょっと動かす。発射音が大きいからびっくりしないようにと、風早が注意してくれた。その左手が動いたなと、ハルミが思ったとき、
ダ…ダ…ダ…

風早の機銃の連射音が、夜の静寂を破った。同時に背後で、野中上等兵の連射する銃声と、それにまじって、四方から、ダーン、ダーンと小銃を射つ轟音があたりに響きわたった。

風早の機銃の音は、ハルミには連射しているといってもダ…ダ…ダ…、ダ…ダ…ダ…と三、四発ずつ、間隔をおいてきこえる気がした。

風早が立ったので、びっくりして、予備の弾倉をもって行こうとすると、

「いいよ、そこにいて」

風早は機銃を抱くと、門外に出て、逃げかける五、六名の影に向かって、また連射した。

連射しておいて、あたりを見まわし、見すえていたが、前後左右に注意を払いながら、建物の前方を偵察し、戻って来た。それからしばらくたつと、北面の銃声が熄んだ。

むささびが駈けつけると、

「隊長、北の空家に五、六人逃げ込んだ、っていいますぜ」

と野中の報告を伝えた。

「よし、そのままの態勢で動くなと伝えてくれ」

風早は三十発を射ち尽くしてはいなかったが、残弾を出して、ハルミから新しい五発入りクリップ六個受け取ると、マガジンにつみ重ねて、蓋でおさえた。

南正面から、東西三方面、視界の中に動くものはいなかった。風早はむささび、と石松を呼んで、北面をのぞいた三面の射手は現位置に留まって、動く影を見たら、何でもいいから射てと伝えさせた。戦死体のふりをしている奴がいないものでもないからだ。ハルミを西の廂房に戻して、風早は北の野中上等兵のところに向かった。

北方約百五十メートルぐらいの地点の二軒の廃屋は、現在、自分たちの占めているような建物ではなく、泥の倉庫か物置ようの建物であった。

風早は野中のところへ登ってゆくと、前方二つの建物を透かして見た。適当な射程距離ではあるが、機銃のタマを使うのはもったいないような気もした。

「右の奴か」

「そうであります」

北西の角から長庵が声をかけた。

「軍曹！　姓は秋田が、さっき飛び出していったぜ」

「何？　秋田が」

「射ち合っていたんで、とめることができなかったんだ。どうなったか、わからねえが」

あたりは何の物音もしない。秋田がいないところをみると、へたに射つわけにはゆかなかった。

「おれが行ってみる、援護しろ」

という風早を、野中は、

「風早どの、私が行きます」

と下りかかる。

「いや、いかん、お前はここを守備しておれ」

風早が、壁面から大地におりて、さて、どこから、右の建物に近づこうかと思案していると、突然、すさまじい轟音が三回、ほとんどその間に間隔がなくつづいて夜空を破った。

「風早どの！」

野中の叫びに、もう一度、壁面に登ってみると、右の建物がくずれて土まんじゅうのようにひしゃげてしまっていた。

風早は、所持の懐中電燈をつけっ放しにして、壁の上に北に向けて、腕をウンとのばしてそっとおいた。電燈の光からずっと左に身を沈めて様子をみる。光に向かって射ってくる敵はなかった。また、手を伸ばして電燈を手もとにとり、消してポケットにつっ込む。

野中・葬儀屋・長庵には現位置で、万一の時は援護するように命じ、

「おい、石松と秀、おれといっしょに来てくれ、秋田を捜すんだ」

風早は先に立った。二人には一定の距離を保つようにいい、南正門から壁にやもりのようにはりついて、北・西角まで一気に進んだ。風早はあたりの様子をじっとうかがっていたが、軽機を構えなおし、腰だめの姿勢で、いま一戸の廃倉庫に向かって連射してみる。

どこからも反撃してくる敵はない。風早はふり返ってあいた手を大きくふって二人にこいと合図を送る。

爆破された倉庫との距離は百五十メートル。からだをかくすことのできる遮蔽物（しゃへいぶつ）も、死角もない。

爆破された倉庫の手前、約二十メートルたらずの地点に、血のかたまりがあり、血と砂との凹みをたどってゆくと、くずれた倉庫のすぐかたわらに、秋田の死体がころがっている。右腕は、手榴弾を力いっぱいに投擲したままの姿で伸びきっていた。

風早は死体を調べてみた。両足に数個の貫通、盲貫銃創と、右脇腹下に一弾、全身は彼の全血液でひたされたかと思われるほどに凄惨な死であった。

軍隊であったら、必ず（壮烈鬼神ヲ哭カシム……）という文章で、その功績をたたえる戦果をあげた秋田の死であった。

　　　焼くな殺すな盗むな

「軍曹、とうとう、やっちゃあいけねえっていう三個条、みごとに三つともやってのけたな」

皮肉よりも満足をこめての村井長庵の言葉だ。

たしかに、放火や家さがしは、軍曹や野中上等兵の比ではなく巧妙であった。あとあとのために、二軒とも焼き払っておこうという風早の提案を、（よいしゃ）と手がるに引き受けたのは葬儀屋だ。こいつは土葬ばかりではなく火葬の方も専門かと軍曹は苦笑したが、（秋田の奴はいくら何でも匪賊どもといっしょにはできねえ）と、内庭に運び込んであった秋田を正房の主人の室の炕におおむけに寝かし、両手を合掌させて、みな心から手を合わせて、ゲリラの遺棄死体も全部、廂房に集めてつみ重ねた。

土や煉瓦の家を焼くのに苦労するだろうと見ていたが、さすが葬儀屋と綽名をとった彼である。あざやかなものだった。

戦果は予想外に大きかった。味方は秋田一人を喪ったが、廃倉庫へ逃げ込み、秋田につぶされたゲリラが何人だったかは不明であるが、野中上等兵の目算で、七、八名であったろうという。南の正面に近く十四、東壁、北部にかけて八、計二十二の遺棄死体を葬った。屋内からさがし出した本物の担架は二個とって、あとは焼棄物と一緒にした。食糧は、小麦粉をはじめ相当量を一個の担架に積み、一個は馬車馬の輸送用とする。

敵の武器は意外に劣悪で、機銃も自動小銃もなかった。使用可能の口径七・六三ミリ、モーゼル軍用自動拳銃三、同弾丸八三発、手榴弾七。これが鹵獲兵器の全量だった。不用兵器は全部、死体とともに焼却する。

ゲリラ部隊は完全につぶした。だが、いつ新しいゲリラ部隊がこの地帯に出現してくるか予想できない。事件や事故の情報は、有線・無電がなくとも風のように速く伝わるのは、彼らの組織の中の不思議な事実であった。

長居はもちろん無用の場所だ。

風早隊の勝利は、敵の方にぬかりがあったためだ。心構えのうえで奇襲する側が反対に奇襲される結果となったからであろう。手榴弾を携行しながら、これを使用しなかったのも、使用するスキがなかったのと、また、使用するまでもないと油断もし、使用することによって、自分たちの中継の本拠に大きい損害を与えたくないという心理が働いたからであった。

風早隊がはじめから、ある企図を隠して、村に立ち寄ったとは信じておらず、女と傷者の転送の途中、たまたま手ごろな村を発見して、のんびりと宿営するつもりだったと信じ込んでいた。

(奴らは、日本軍の威信をまだ過信している)たぶんゲリラ隊長は、こちらの演技を、そんなふうに曲解し、久しぶりの酒に、ろくに立哨もおかず寝入っているものと信じたのだ。現に、彼らが村を抜け出すとき、二人ばかりの立哨も、壁に、銃を抱いたまま熟睡していたのを認めていた。

ハメようとして、まんまとはまったのはゲリラ隊の方だったのだ。

風早隊は、軍用毛布も手に入れた。たぶんその中の一部は、輸送途中の少数の日本軍を奇襲して奪ったものに違いない。陸軍の星のマークがはいり、昭和何年という製作年度が刷り込まれていた。

焼き肉をはじめとして彼ら手製の携帯口糧や、マントウ類も、みな、徴発した。新しい担架の一つには食糧が満載され、毛布をかぶせて、その上に、野中・風早の軽機二梃を、すぐとれるようにおくことにした。

一つの担架の方はもちろん馬車馬を運ぶ用途に使わなければならない。二つの担架に二人ずつ、四人の人員がいる。かつぐ男たちの小銃は、馬車馬のからだの両横へおく。八路軍のように神出した風早隊は、八路軍のように山中に鬼没することにした。

まだあけきれない空を仰ぎながら、ふたたび山中へ遁入(とんにゅう)する。背後にはゲリラ集落の炎が暁闇の空を大陸の赤い夕焼けのように染めている。

鹵獲モーゼルは風早が一、野中上等兵はやはりモーゼルを携行して、女たちに、そのまま自分のを持たせ、一梃は偵察その他敏捷な行動をとるものが携行する予備としておくことにした。

秋田が、最初に被弾した地点に近く、ほうり出されていた秋田の小銃は、破損して使用不能と認め、風早は彼の死体とともに火葬に付した。

まともな食事にありついた風早囚人隊は、肉体的に活気をとりもどし、さらに精神的にはゲリラを全滅させ、村を完全につぶしたという自信にあふれ、嶮路の行軍にもスピードが加わった。

走馬駅という長城南の村の南方と倒馬関の中間を通過し、嶺口子とも口頭とも呼ばれた地点付近をも越えることができた。

昭和二十年五月十五日であった。

あいかわらず風早軍曹が偵察に出る。が、時に野中が彼に代わる時もある。

ゲリラ集落をつぶして以後の三、四日は平穏の日がつづき、行程もはかどった。予定では密雲の北方を抜けて古北口の長城を越し、承徳に潜入するという方針になっていた。

風早も、このあたりまで来ると、敵の情報にはあまり明るくなかった。部隊にいる場合は中国人の密偵を使い、部隊自体も確度の高い情報をひんぱんに入手することに心がけ、そのために特別任務につく下士官や兵が常に選抜されて活発に働くのだ。

それでも、ときどきニセ情報をつかまされたり、罠をかけようとしたこちら側が、かえって敵側の罠にはまり込むことが多いのだ。

風早は上等兵時代、承徳を中心とした関東軍の八路軍討伐に加わって、満州国軍との協同作戦に従事した経験があった。

八路軍の民心懐柔の巧みさは、いやというほど見せつけられてもおり、何度も、いわゆるラウ戦術（おとりで誘い込んで殲滅する戦術）にひっかかって、小部隊の全滅を見てきた。

風早は、河北省の唐山近くにあった対共特別訓練所にもはいって、特別教育もうけたことがある。ここは軍人ばかりでなく、満州国建国以来、対共政策の権威たちが、満州国や中国本土から、この選抜された特務工作員たる軍将兵や民間人を教育していたのだ。

だが、八路軍の特務工作は、国府軍の載笠（タイリュウ）以上だったかもしれない。日本側の動向、情報を巧みにとらえていた。多くの村には、八路に通じるたくさんの密偵が、村民として平々凡々な生活を営んでいた。民心をつかむ情熱、技術も、とうていこちら側の比ではなく巧妙だった。

被占領国民は、同国人どうしという、血だけの問題ではなかった。かれらが押さえようとしているのは、全中国国民の九十九パーセントを占める貧しい層であった。日本側がにぎったと信じ、またにぎってもいた中国の為政者は六億人のうちの何人であったろう？

小さな工作にも、熱と信とがみちあふれていた。一枚の伝単を岩層にはる一事にも、思想に打ち込んでいるものの誠実がにじんで、日本側が学ばなければならないほどの工作ぶりであった。

彼ら――風早隊、いや、風早軍曹の引率する脱走囚人部隊は、八路軍のもっとも活動に蠢動（しゅんどう）する地帯に踏み込もうとしていた。

抗日戦についてては国府と協定、協同作戦のたてまえであったが、八路軍は日本軍ならびに国府軍を敵として戦っていた。日本軍は国・共を敵とし、国府軍も、日本軍よりも共産軍をより強く敵視し戦いつづけた。

複雑で、また怪奇な様相をこの戦線は孕んでいるのだった。

この年の正月、中国共産党の周恩来は、重慶で蔣介石と会談し、四月には連合政府論の発表をみたのだった。だが、必ずしも、それは実現せず、空論に終わりそうであった。

二ヵ月後、聶栄臻は、内蒙国境の張家口にはいり、まもなく、そこに本拠をおくことになるのだ。

日本の敗戦は、同時に、国・共連合の理想論を破り、全中国が同族どうしの大戦乱に巻き込まれてゆくのである。

風早軍曹は、隊を安全に速やかに中・満国境へ進めるために、これからの偵察は少し時間をかけ入念にした方がいいと思った。いま一つの危険が前途には横たわっているのだ。雨期である。雨期以前に、ぜひとも大竜門・石門子の線を越えたい、越えねばならなかった。けっきょく風早や野中が二、三キロ前方を偵察して、とってかえして、また本隊が進む、また、斥候に出る。このくりかえしだった。重い二つの厄介な荷をになって峻岩にいどむのは、体力を消耗し、疲れ、行程もはかどらない。

偵察の方針を変更してみることにする。今の宿営地は安全と信じられるので、野中にあとを任せ、風早は軽快な便衣に替え、禿鷹・蠍・石松の三人にも、ゲリラ集落で手にいれておいた便衣に替えさせ、軽機や小銃は宿営地に残し、全員が拳銃と手榴弾を携行して出発した。地図は頭の中にしまってある、とタンカを切った手前、風早は今さら、ここはどこのあたりだともいえず、石松の質問に、長城の南で、紫荊関という集落の付近だと答えたものの、つねづね、日数と踏破キロ数、これも道のない道を、時に迂回しているので、実は、その見当ではないかと思うだけで、自信があっての答えではなかったのだ。

宿営地は、北方に太行山系の起伏が空に黒い陰影を刻み込んでいる。遠く見ると峻岩が層を作って、スペインかペルシアの鎧(よろい)のように映るのだ。岩と岩の間にある猫の額ほどの平地には、雑草がコケのようにはりついている場所があるかと思うと、赭(あか)土(つち)の土床が狂暴な肌をむいている。親しみのない風物であった。

だが、敵の目を避けて夜営するには、うってつけの場所だった。峻岩は層を作って、いくつもの洞窟を形成している。

これが隊内なら、軍の階級という至上の椅子が、年齢の上下などに関係なく自由に駆使することもできるのだったが、自分だけの力を信じている無統御の無頼漢には、野中の力など問題にはならなかった。おそらく、将校でもこの男たちを統制する力はなかっただろう。ただ彼らをおさえうる力といえば、腕力、暴力、無頼の心をつかむ無頼の心の強さだけであったろう。

野中上等兵はいっさい、彼らにかかわらない態度をとっている。これよりほか野中にはしようがなかった。年輪の差ばかりでなく、真摯な、よき兵隊である野中などが、へたに口を出せば、それが、彼らのためになることであっても、たちまち、牙をむいて反撃してくる男たちとわかっていたからであった。

われ関せずの態度だけが、波風をたてず、彼らとの悶着を起こさず、どうにか調和を保つことのできる唯一の方法であったらしい。

馬車馬の傷は、難行軍のため、あいかわらずよくならない。一度は癒りかけたと思った。しかし、途中、傷口が開き、また、化膿しはじめたが、こんな行動の最中ではどうすることもできない。

素人判断で、思いきって大腿部から切断すればと考えても、手術資材があるわけではなし、以後の手当ても処置も、ほどこすすべがなかったのだ。

彼は、一番上方の石窟の奥の方に寝かされていた。女三人は、馬車馬の洞窟で手当てと、なぐさめで、馬車馬の心をひきたてるより手段があるはずもなく、また、馬車馬も、過去のほとんどを、人情の暖かさにふれて生きた経験がなかったためか、この三人の愛情は、安全な地へゆきつき、自由になるよりもかえってうれしく思われるのだった。

野中上等兵、四二四番、葬儀屋、長庵、むささびたちは、一人ずつ二時間交替で、すべて公平に、洞窟の下方におりて立哨することを約束した。

立哨には軽機を携えることにする。ここが安全であるということは諸種の情況から、風早も、野中も信じているが、万一の場合も、過日、ゲリラ部隊で実践した要領を忘れないように、残留隊は、風早の指示を守るよう申し合わせてある。

最初に野中が立った。

空模様はまっ暗になり、野中が立哨中、雨が降りだした。雨は大粒で、次第にはげしく岩をたたきつけ、水しぶきをあげた。

立哨の位置を洞窟の入り口付近に定めた。かりに敵が登って来た場合でも、この洞窟の前を通らずには、男たちの就寝している洞窟にも、さらに、その上方の女たちのいる洞窟にも向かうことはできない。

庇（ひさし）のように岩層が幾重にも重なっていて、どの方角からも、この地点を攻撃することは不可能な、守備をするには実際好都合の、自然の陣地といえた。おそらく、以前は匪団にとっても好適な本拠となったものであろう。

偵察隊が帰還するまで、ここは動くことができない。長庵・むささび・葬儀屋も無事故で交替し、四二四番が起こされて、立哨地へおりていった。

交替したものは、疲労で、泥のような熟睡に落ち込んでいた。

雨は葬儀屋の立哨中にやんだ。

四二四番は、一度立哨地点までおりていったが、軽機をそこへ立てかけ、また峻坂（しゅんはん）を登り、自分たちの洞窟を横目にして、上の洞窟へあがっていった。

立哨の順は、クジできめた。四二四番は一番最後の明けがたのクジをひきあてたのだ。夕食後午前三時までの長庵が起こすまで七、八時間ぐっすり寝込んで、疲労はすっとんで、久しぶりに満ちたりた気分になっていた。

が、満ちたり、鋭気うつぼつとしているのは食と睡眠とであった。

いま一つの方の欲望は飢えかつえていた。充分に食い寝た彼は、ゲリラ集落の夜、あと五分か三分あれば琴枝の豊満な肉体を占有することができたのだ。

琴枝は胸をはだけ、下半身をむき出しにすると同時に、薄いフトンで首までおおって、四二四番の目の前には、うれきった肉体が投げ出されていた。ほんの瞬間だったが、彼の網膜には、女の白い胸の隆起と、細くくびれた腰の線が、ハッキリと灼（や）きついている。

うるさい風早や、兄貴分の禿鷹・蠍（さそり）もいない。馬車馬なぞ、重傷で問題にはならない。

（どうせ、明日はねえ生命（いのち）だ）

馬車馬の近くに、女三人もよく眠っていた。負傷者のために、とくに風早から使用をゆるされていた戦利品のカンテラの灯がゆらめいている。岩屋のその薄あかりの中で、重なるようにして寝ている三人の女の姿態をしばらく見つめていた四二四番の心の目は、琴枝の四肢から、着ている衣類など、とっくにはぎとっていた。

琴枝の白い裸を、思いきり責めさいなんでみたかった。四二四番の腕が、琴枝のからだにかかった。人なみすぐれた膂力（りょりょく）にあって、琴枝の肉体は、二人から引き離された。

「だれ！」

琴枝は叫びながら、それが、夢の中のできごとと思っていたらしい。琴枝の弾力のある肩と腕にふれた四二四番は、下腹部からつま先まで電流が走り、鬱積（うっせき）していた欲情に炎がつくとカッと全身が燃えあがった。

邪魔をする奴がいれば女でも男でもたたき殺してやるぞ、四二四番は狂暴になっていた。本気で殺人でもするつもりだ。

「イヤ！　放して！」

琴枝は金切り声をあげた。

「男の選りごのみをする柄かよ。おめえだって不自由してんじゃねえか」

ハルミも、みちも目をさましていた。馬車馬も、はっきり目をあけていたが、今の馬車馬には、とても力づくでは四二四番の敵ではなかった。

「よしな！」

馬車馬が声をかけた。みちはハルミに、拳銃を貸してといってから、あの拳銃は偵察隊がもっていってしまっていると気づいたのだ。

「ゼニコがなくちゃあ、ダメなんか」

弱い獲物を嬲(なぶ)りものにする時の猛獣の姿にも似ていた。愚弄(ぐろう)しながら、琴枝を片手で抱きかかえ、なお、不自由なからだに全精力をこめて止めつづける馬車馬に向かって、

「くたばりそこない！　黙って見てろ、ロハで見物させてやろうてんだ」

憎まれ口をたたきつける四二四番の腕の力がちょっとゆるんだスキをみた琴枝は、平手で力いっぱい四二四番の頬を張った。

「チェッ！　淫売にしちゃ、手ごたえのあるメスだな。味なまねをするじゃないか」

かの女の平手打ちは彼の欲情をさらにあおりたてる結果にしかならなかったのである。

「淫売じゃないわよ、あたしたちは軍の要員よ、特要員っていうんだわ。戦力のための女よ、あんたのような人間のクズじゃない、兵器よ、あんたなんかに身を任すほど腐っちゃいないわ」

「ぬかしたな、その口で泣き声をあげさせてやるぞ」

琴枝を押さえ込み、琴枝の穿いているものを荒々しく引きおろそうとする。ボタンがちぎれて飛び、布が裂け、琴枝の下半身がむき出しにされた。

琴枝は男の腕にかみついた。それは、ますます劣情に火をつけるのだと、男を知りつくした彼女は知りながら、どうしようもない怒りの現われだったのだ。

「久しぶりだ、てめえのような歯ごたえのある女が気にいったぜ」

その時、みちの死人のように蒼白になった顔がカンテラに浮かび、みちの押し殺した声が洞窟の中に無気味に反響した。

「やめないとこれを投げるわよ」

手に手榴弾をにぎって、今にも信管を引き抜こうとしていた。四二四番も、ちょっとたじろいだが、ハルミが金切り声をあげた。

「琴枝さんを殺しちゃいけない！」

組み敷かれている琴枝の声が、これにかぶさったのだ。

「ダメよ、あたしや、こいつはいいけど、五人とも死んでしまう」

四二四番の声がせせら笑ってきこえた。

「うめえこというな、全くそのとおり」

みちは、手榴弾をハルミに渡すと、四二四番のうしろから組みついた。

「邪魔するんじゃあねえ、こいつをたのしんだあと、おめえともたっぷり遊んでやるからな、ひがむんじゃあねえ、三人ともよ」

みちは死力を尽くして、四二四番と琴枝を引き離そうと、懸命に力を絞って武者ぶりついていった。四二四番も、みちが邪魔になった。彼は一方の手で琴枝を押さえつけ、片方の手でみちを鷲づかみにする。その膂力にものをいわせ、突き飛ばした。みちはひとたまりもなく飛ばされ、洞窟の入り口近い牙のようなかたい岩壁に、後頭部をうちつけると、そのまま、動かなくなった。

世なれていなかったハルミは、狂暴な男と、女との争闘に呆然として、下の洞窟へ救いを求めに行くことも忘れていた。たとえ、実行しようと思っても、洞窟の入り口に突進するためには、琴枝の上に馬乗りになっている四二四番の腕からすり抜けることはできないにきまっている。

だが、その時、いつのまに起き上がっていたのか、馬車馬は、丸太のように脹れあがった左足の土色に汚れた包帯姿のまま、幽鬼のように、四二四番の背後に忍びよった。両手にしっかりとゴボウ剣の抜き身を抱きかかえるようにしていた。

「おい！　やめろッ！」

四二四番は、すぐ背後に、馬車馬の声をきくと、琴枝の上で、身をよじらせた。馬車馬は、全力をかけると、四二四番のからだの上に、短剣を抱きかかえるようにして、自分の上半身を投げつけた。

四二四番の奇妙な絶叫で、この事件は終わらなかった。柄もとまで突き刺さった短剣を自分で引き抜いた四二四番は、全力を使い果たしてそのままそこにくずれている馬車馬に乗りかかるように、短剣を背筋からのどもとへ突きたて、重なったまま絶命した。

風早が先頭で、宿営地へ戻って来たのは午前五時に近かった。立哨地の立哨地にはだれもいない。東は白んで、もう懐中電燈の必要もない時間だった。立哨地のすぐかたわらに軽機が立てかけてある。

何事が起こったに違いないと、風早は後の三人に、武器をとれと、低声で命じた。たとえ用をたしにゆくとしても、兵器は必ず身近におくのが兵のたしなみである。出発以来、口がすっぱくなるほどいいふくめてあったのだ。言うまでもなく戦うものの日常座右の銘である。

風早は拳銃を軍袴の中へ差し込むと、軽機をつかんだ。軽機には異常がなかった。弾倉には三十発、いっぱいに腹をふくらませている。そばの石窟も異変はない。

三人に後につづくように命じ、風早は先に立って、男たちの洞窟に立った。なんの変わったこともなさそうであった。

手近に寝ていた野中上等兵を足で蹴った。囚人らは別として、軍隊で上等兵になるまで飯を喰ってきた奴の、これが処置かと、風早は本気で野中に立腹していた。だから、野中を蹴った足の力も怒りがこもっていた。

(もう交替時間か)

と寝ぼけている。

「立哨はだれだ」

風早の怒声に寝入っていた男たちも目をさました。野中上等兵は腕時計を見ようとして、自分の時計は、立哨が順々にもつことになっていることを思い出した。風早は、時計を見て、ひとまわり回って、五時からが自分の番だったと、風早軍曹に野中は報告する。

「今、十時十分前だ」

「四二四番であります」

野中の報告をきいて、風早をはじめすべてのものが一様に、何か不吉な事件の発生を内心で感じたのは、不思議だった。

囚人のなかでも、四二四番だけが異質の男だったのだろう。

風早軍曹を先頭に、男たちは、三人の女のいる石窟へ駈けあがっていった。

洞窟に近づいただけで異様な空気が風早たちをつつんだ。目もあてられない惨状であった。入り口近くに、運び出されたのだろう。風早が腰をかがめてみると、みちの死体は、目を見開いて苦悶の表情で息がたえており、後頭部を鋼のような岩にしたたかたたきつけられたのか、つぶされた部分からの多量の出血が髪の毛を砂礫にこびりつかせ、脊柱部のあたりは激突したはずみに折れたものであろう、惨めな死に方であった。

洞窟の中は、血と死臭で窒息しそうだった。

女ともだちの死体だけは、琴枝とハルミの二人でやっと運び出したのだろう。男二人の折り重なった死体は、手をつけることもできないらしく、絶命したときの姿そのまま、血の海の中に、はげしかった死闘を物語るようにたおれている。

琴枝は、すぐ前に起こった惨事を、風早にかすれた声で手短かに話した。そばに立ってきていていた石松は、風早が近くにおいた軽機をかかえあげると、いきなり琴枝に向かって上き金を引きにかかった。

力で投げた。むささびが、からだごと石松に飛びかかって軽機を奪いとると、頭上に持ちあげて全身の

石松は、むささびを突き飛ばし、琴枝に殺到してゆくのを、禿鷹と蠍が、両方から抱きすくめた。

「やい！アマ！淫売、慰安婦！てめえの方から身を投げ出したこともあるんじゃあねえか、惜しいからだかよ！なぜくれてやらねえんだ。四人だって人間だぞ、男だ、ウヌの汚ねえからだが、それほど大事か」

石松は二人に押さえられて地団駄を踏んで子供のようにわめき散らすのだ。めずらしく石松は執拗だった。

「もう、いい」

風早が言葉少なにとめる。

石松は、向こう意気の強い馬車馬が好きだった。すっかり弱気になっていた馬車馬が、琴枝を助けようとした真意をくみとるよりも、四二四番と同士討ちをして死んだのは、すべて琴枝に原因があると単純に考えているのであった。

琴枝はくずおれたまま号泣している。ハルミは、その琴枝の肩を抱いて、声を出さずに泣いていた。

石松は琴枝を裸にしてなぶりものにしようといってききいれない。禿鷹が石松をなぐりつけたのである。びっくりするような平手打ちの大きな響きが、石松の頰で鳴った。

「しっこいぞ！　てめえ」

石松はポカンとして、なぜ自分が禿鷹になぐられたのか理解できない表情で彼を見つめた。

琴枝は心の中で泣きながら叫んでいた。

（あの時は、何も知らないハルミの清いからだの代わりになろうとしたからなのだ。だが、今は違う。いくら汚れたからだでも、獣などに手込めにされたくはない……）

心の中で、まだ一つのほんとうの声が叫びつづけているのだった。ついに、今まで口には出せなかった言葉だ。

（あたしは風早軍曹が好きなんだ。好きになってしまったのだ。好きに……）

風早軍曹は、だれにいうともなく、

「もうやめろ」

といい、野中上等兵を前に呼んだ。軍曹は兵隊の姿に戻っていた。上等兵も、軍曹の気魄（きはく）をのみ込むと、部下の兵隊として直立不動の姿勢をとった。

「野中上等兵は、兵器、弾薬数を調べろ。三名の死体は、野中上等兵が指示し野戦埋葬の方式によって処置をとれ」

「野中上等兵は、兵器、弾薬数を調べます……」

復唱を終わって任務につこうとする野中を呼びとめると、

「おい、野中、もうこれ以上面倒を起こさんように、きみがうまくやってくれ。おれたち偵察に出たものにめしを食わしてくれよ」

腕時計を見て、野中に時間を合わすと、

「おれたちは、くたくたなんだ。十四時に起こしてくれ」

風早・禿鷹・蠍（さそり）・石松は、男たちの洞窟で食事をすませ、八時間ほど就寝することにし、あとの男女は、惨劇のあと始末と、野中は兵器の点検にかからなければならなかった。

石窟へはいってからも風早は、なかなか寝つかれなかった。いったい、こいつら、人間なのか。それとも、人間とは別の動物なのか。動物にも、男女夫婦の規律なり、おきてがある。くずれきった人間の魂は、しょせん、獣以下なのかと、考えふけるのであった。

見えない傷痕

正十四時、野中上等兵は風早らを起こしに石窟にはいった。

戦闘可能の兵器弾薬数をしるしたノートのところへ鉛筆をはさんだまま手渡し、

「軍曹どののお持ちはモーゼル二でありますか」

ときく。

「実包三十発とな」

と答え、ノートに目を走らす。

使用可能兵器弾薬

十一年式軽機関銃　一

同実包　　　　　　　　百十発
三八式歩兵銃　　　　　三
同実包　　　　　　　　三十五発
モーゼル自動　　　　　一
（装弾十発）
同実包　　　　　　　　五十三発
南部式自動　　　　　　二
（装弾八発）
同実包　　　　　　　　二十八発
手榴弾残　　　　　　　十二
ゲリラよりの戦利（手榴弾）　七

外に出ると、猫の額ほどの空地には、兵器類が二分され、担架一つだけがおかれて、その上に軽機と小銃がならべておかれている。

一方のが使用不可能のものなのだろう。

「修理の見込みは？」

「全然ダメです。銃身が曲がり、撃針が折れ、撃鉄支柱がくだけているのです」

「こいつぁ、でかい損耗だな」

軽機関銃分隊長としての風早は、未練らしく、軽機を手にして、ためつすかしつ見つめていたが、とても応急修理ではまにあいそうにもなかった。

朝の事件の時、岩角にたたきつけられて破損したにきまっているが、今さら言ってみても何のたしにもならない。未練らしい気持ちとは別に、無知な石松から奪い取って投げてくれたむささびの行為に何か感謝したい気持ちも残った。小銃の方も、なれない男たちの取り扱いの乱暴さで損傷したものに違いなかったが、文句をいったところで、これも六日のあやめ、十日の菊である。

「手のつけられないようにこわしてしまえ」

野中が分解した重要部分を、あっちの谷、こっちの谷へボールを投げるように投げすて、残骸はかためて石窟の奥にほうり込んだ。

兵隊であるかたちを必要とする場合のために、破損銃は携行しようかと思いまどったが、荷物になるだけだと、これも破壊して同じように廃棄処分にした。

各兵員に、兵器を分配した。手榴弾は八人がおのおの二個ずつ、ハルミと琴枝二人に三個。風早は、モーゼル一と実包三十発、野中上等兵と禿鷹がモーゼル一梃ずつ、実包五三発を二分して受領、蠍と石松は南部式拳銃と実包十四発ずつ、むささび・長庵・葬儀屋が小銃と実包の三十五発を分けて携帯した。

一梃の軽機は、風早か野中、あとは情況によって銃手の任につくことにする。

だれもかれも無口になっていた。洞窟での事件は、偵察に出た風早をはじめ、残っていた男たちにも深い傷を与えたようであった。

ハルミには特別の事情があるらしく、商売をまだ始めていないということなのだが、琴枝も、死んだみちも、肉体を商売にしてたくさんの荒くれ男を知っている女であるはずだ。その女が、どうして、死を賭けてまで肉体を守ろうとするのか風早にはわからない。

石松が怒るように、四二四番の要求をいれてやればこんな惨事も起こらずにすんだのではないかと思うのだが。商売だから、金を出さなければ売らないという情況ではない。いつ何時、死ぬかわからない時に、かれらが囚人だから肌など許せないという女の潔癖から、あれほど強硬に反抗するのか。

風早の思考との間には、近づくことのできない壁と距離とがあった。

ハルミは、野中上等兵に思いを寄せていた。野中の方も嫌いではなかった。不特定の多数の男をまだ知らない娼婦のハルミ。

しかし、二人とも、けぶりにもそれを現わしはしなかった。それは、苦しい自制力を要する。もし、いちどそのことが男たちに知れたなら、この危険な関係の上に結ばれている蜃気楼のような統制は、たちまちくずれおちてしまうからであった。おそらく狂暴な男たちの飢えに火を点じ、石窟の中の事件以上の凶事と混乱がまきおこるに違いなかったからである。

これ以上の隊の紊乱は、すべての者の死を意味していた。

風早の心の中には断崖があった。背後には急奔する大河が横たわっている。今は、どの隊に戻ることもできない関頭に立っていたのだ。自分が招いた愚挙とわかりながら、死より打開の道はないように思うのであった。

またできるかぎり早く安全地点へ潜入して、解散するに越したことはない。こんな連中と一蓮托生は真ッ平だと風早は考えるのだった。しかし、何人かのこの男たちが必要なのだ。ここまで来るためにも、彼らも風早を必要としていたには違いないが、風早もまた、彼ら以上に、囚人たちを必要としてきたことには間違いなかった。

自分への処置は、そのあと、自分でとらなければならない。

ハルミや琴枝、そして、男たちも陰気に黙りこんでいるのは、あの洞窟の惨事が、一人一人、どんなかたちか知らないが、個々の意見や反省となって、心につかえていたものだろう。

こういう行動に対して、こういう気づまりはあまりいいことではないと風早は知っていたが、このシコリは、だれにもときほぐすことはできなかった。風早自身が、どうにもならないシコリに息苦しくなっているのであった。

男も女も、各自の心は猜疑心にとらわれ、気持ちはバラバラにくずれてしまっていた。

しかし、前進はつづけなければならなかった。心の暗さは別として、前進することによって、やがて拓けてゆくかもしれないという僥倖をねがう気持ちだけがかえって行軍を速めていたようである。

むだな争いはなくなったが、一人一人が何か自分だけの方針をもって、しっかりと自分の鎧の中に心を閉じ込めているようだ。また、各自、自分を守るのは、自分だけだという意志をかためているようでもあった。

今度、もし、男が女に対して、洞窟でのような行為をしかけたなら、たぶん、ハルミも琴枝も、携行する手榴弾を使用するだろう。男どうしの間でも武器に頼り、武器を使うにきまっていた。

外の敵を警備する以上に、今は内側の敵からみずからを守らなければならないのだ。

風早の心裡でも、自分の敵が闘っているのだ。風早に迷いが生じてきていた。出発のずっと以前から内心で抱きつづけてきていたものが、くずれかけていたのだ。これは恐ろしいことであった。前進も死であり、中止は間違いもなく死であるだろう。

非情の掟（おきて）

たぶん紫荊関へつづくと思われる地帯を、風早隊は進んでいた。

赭土（あかつち）をむき出しにしている土床のところどころに、名もない雑草が、はげたペンキのようにしみついている。また、ところどころに岩肌が顔をみせている。

立ち木は少ないが、ドロの木とか楊柳、夾竹桃（きょうちくとう）、ナツメ、灌木がおき忘れたように点在している地帯もあった。

この付近、相当広範囲は集落もなく、無人地帯だ。

陰鬱な沈黙の囚人部隊の行軍の前で、異常な事件が突発した。全く予想もしない事件だったのだ。

黒煙をあげた飛行機が疎林の中につっ込んだのだ。機は逆立ちして、大地にめり込んでいる。

風早を先頭に、禿鷹・蠍（さそり）・むささびたち、野中上等兵、女たちも走った。

「米軍機だ」

風早の声だ。

米軍の星の標識が、あざやかに目にしみた。

機から一人の将校がはい出している。

「アメ公だぞッ！　畜生ッ！　たたッ殺してやる」

蠍と、葬儀屋、あの日以来の鬱積していた胸のシコリを吐き出すつもりなのであろう。吐け口のない心の忿りは、米飛行士に向かって爆発した。心理的重患の風早隊にとって、心気一転の機会であったかもしれない。

蠍の腕にブラ下がったのはハルミだ。

「怪我をしてるじゃない？　殺してはダメよ。風早さん、野中さん！　とめて」

風早も、野中もとめようとはしなかった。たおれている米軍将校をとりまいている男たちにまじった野中は、モーゼルを取り出して、米将校の額にねらいをつけた。

若く、どっちかといえば内気らしく思われていた野中の相が、敵愾心に燃えるたくましい兵の顔に変わっていた。

ハルミは、こんな野中を見たのは初めてだった。それはハルミにとって哀しかった。野中もやはり野蛮な兵隊の一人なのかと。

「戦闘力を失った軍人は敵ではないわ」

ハルミも、野中の形相に負けずにきびしく叫んだ。

風早は、拳銃は出さなかったかわりに荒々しく野中を押しのけた。将校のそばによると、ポケットを、内も外も機敏に調べた。地図書類にまじって革の手帳が出てきた。とると、パラパラとめくった。

ノートの一ヵ所で、風早の目がくぎづけにされている。米将校は、フラフラと立ち上がり、風早の手からノートをひったくると、燃えかかっている機に向かって投げつけようとする。

風早はそれを奪いかえした。

「みんな、もっとさがれ」

きびしく命じ、自分は、たおれている米飛行士のえりがみを鷲づかみにした。

「ハルミのいうとおりだ。野中、手をかせ」

さっきのハルミの言葉は、風早に消えかかっていた人間の心をめざめさせた。

野中上等兵も、風早の処置をとっさによみとると、飛行士の足をつかんだ。燃える飛行機から一メートルでも遠ざかろうと、二人は走った。

風早は、石松のさげていた軽機を、ひったくると、逆立ちしている飛行機の機関部めがけて一連射を浴びせた。

機は、火柱を空に吹きあげて四散した。こう書くと、ひどく長く感じられるが、ほんの一瞬間の出来事だった。

「厄介ものだが、手当てしてやらなけりゃあ」

風早が指示して、将校のかたわらへよると息が絶えている。

「こいつは少佐だ」

たぶん、満・支国境方面の偵察行の途中の事故だったのだろう。操縦者は、機内で死んでいたのかもしれない。

風早は、男たちに手伝わせて死体を埋葬した。目印に、機の破片を土の上につきさして、墓標代わりにする。

いくら、無人地帯でも、飛行機が一機墜落したのだから、敵にせよ、味方にせよ、調査にこないとは限らない。そう思った風早は、急いで、その地点から離脱するように命じ、足早にその場を出発したのだった。

風早の心中の迷いは、また、この事件で大きくぐらつきだした。しかし、歩いているうちに、風早の決心ははっきりときまった。

歩いた。走った。歩いた。

今夜の宿営地は、また、山に近い方が安全だ。渓谷を渡り、やっと露営地にふさわしい地点をさがした。

「今夜の立哨は注意してくれ。それに火は燃やさんように」

今まで例のゲリラ集落から奪った食事材料のとうもろこしの粉やメリケン粉、高粱などをハルミ・琴枝が食えるように調理はしてくれるものの、米の飯などと違って、空腹を満たすだけのことで、のどを通すのがやっとの思いだった。

戎衣も汚れ破れ、見る影もなくなっていた。心もかたちも偽りのない脱走兵の群れになった。

火を通さない粉のかたまりをむりに食べ、風早は野中を周辺の偵察に出るからとつれ出した。

「野中、おれは今まで隠していたが、ほんとうの脱走兵だ。理由はくわしく話してもしかたがないからよすが、脱走兵には間違いない。お前に出会ったあの瞬間から、お前のいったように脱走兵になったのだよ」

今、野中上等兵の意向など考えている必要もなかった。野中も、黙ってきいていたが、奇妙な反応を心中で起こしていることだけは見のがせなかった。

「あいつらは、きみの想像どおり、箸にも棒にもかからないやくざものの囚人たちだ。今のおれは、それ以上かもしれんのだが」

風早は、逃避中、幾度も、所属部隊か近くの日本軍陣地へ帰投することを考えた。警備隊の全員が戦死しているのだ。理由は何とでもつけられる。自分は決してできの悪い下士官だとは思っていない。ほかに悪事も働いてはいないのだ。囚人たちから身を守るために脱走兵を擬装した、と主張してうけいれられないはずはない。

戦況が悪くなればなるほど、自分のような下士官は必要になってくる。

しかし、どうしてもできなかった。いちど心に企てた脱走の罪悪感が重荷となったためか、兇悪で愚劣な男たちをいつのまにか裏切ることができなくなったのか、あるいは本心から自由がほしかったのか。

彼らを制圧するために、自分は抗命、上官殺傷の、逮捕されれば銃殺間違いなしの兇悪犯人だと吹き込んだ。無頼の囚人といっても、四二四番のような救いのない男をのぞいて、上官を殺傷するほど兇悪な男はこの中にはいなかった。風早の重罪を信じ、すっかり押さえつけられてきたのである。

「あれで案外、気のいい奴らなのかもしれんな」

野中は、風早軍曹の述懐を黙ってきいっていた。

次の言葉は必ずしも、風早が実行する企図ではなかったのだ。

「敵前逃亡だから銃殺されるかもしれん。中・満国境の古北口の北方あたりから満州へ潜入するつもりだったんだ」

野中が初めて反問した。

「だったんだといいますと？」

だが、野中上等兵と出会ったあと、心の中だけの脱走企図は、現実のものに変化したといっていい。

「まあ、全部きけよ。あいつらにも、満州がいちばん安全だということを吹き込んである。事実、満州へはいりゃあ、安全かもしれん。ところで」

風早は内ポケットから、汚ない半紙に包んだものを取り出して野中に渡した。

野中は受け取って開き、月あかりに透かして見ていたが、不審げな表情で、

「これ、軍曹どののお母さんですか」

ときいた。

「むささびの秀、あいつが、連絡に来た軍曹のポケットから失敬した写真なんだがね、あいつの前職はスリだったそうだ。指先をためしたのか、本気か、いたずらかわからないが。あいつが、これをなんとかして返してほしいといって、おれに渡したものだ」

「それで？」

「お前に預かってもらいたいんだ。お前は脱走兵じゃないからな、本隊からはぐれて風早隊

に合流した立派な兵隊だからな、とにかく預かってもらいたい」

野中上等兵の意志には脱走の意図はチリほどもないのだ。

野中上等兵は、すなおに、それをポケットに収めることにした。

「露営地へ帰ろう」

二人は、みなのいる地点に戻ると、風早は男も女も全員を集合させた。言われるまま全員は、風早のそばに円陣をつくった。

「みんなきいてもらいたい。おれは、さっきとった手帳を北京の方面軍司令部に届けるつもりだ」

風早のこの突然の豹変に囚人たちは驚愕した。北京へ、そして方面軍司令部へ行くのは自首であり、逮捕されることであったからだ。敵前逃亡、上官殺傷の風早軍曹は間違いなく銃殺刑に処せられる。

北京へ。禿鷹と蠍(さそり)が驚きの声をあげた。それは、むろん、反対と裏切りに対する怒りがこめられた非難だった。

「冗談じゃあねえ、だます気か」

葬儀屋も声を高くした。満州は安全だ、安全だと、ここまで、こんなに苦しい思いをしてひきずられてきたことに対する憤懣を、あからさまに表明している。

「この手帳には、中・米合作の新作戦発起に関する重要機密と思われるものが書かれているんだ。まだ、途中は危険だと思うが、おれと同行してくれるか」

「おれぁ、断わるッ」

蠍がはっきりと、みなの意見を代表して口をきった。

野中上等兵が、静かなうちにも決意に満ちた声で答えた。

「自分は、軍曹どののお供をします」

北京へ行った場合の軍曹の運命がどうなるか、野中にはわかる気がした。

女たち二人はいうまでもなく軍曹と行をともにするつもりにきまっていた。

風早は、全員、自由意志で行動すること。ただし、大竜門、石門子、易県の線を越えてから、風早と禿鷹たちは別れ、風早は北京への南東方向に進路をとり、彼らは長城の南を長城線にそって、密雲の北から長城を越えればいいと教えた。

あと何日かかるかわからないが、大きな変化がないかぎり、それまでは行動をともにしようと約束したのである。

鬼なるこころ

五月も中旬を過ぎていた。

目標の割れたことは、かろうじてつながっていたこの隊の心を分裂させ、目にみえない重圧がのしかかってきていたのだ。その重圧は、内部崩壊ともいうべきもので、今までのようななまやさしいものではなかった。行程を縮めようとして速度を高めるので、二重、三重に疲労が加わる。南の盆地地帯ほどでないとしても、日中の暑さに烈風の巻きあげる黄塵は、時には、目をあき、呼吸をするのさえ苦痛をともなうことすらあった。それればかりではない、寒暖の差の激しさからくる疲労も、重くのしかかるのだった。

偵察行動も以前のように慎重でなくなったのは、風早の決心がきまったからかもしれなかった。風早の恐れたのは、敵八路軍や、国府系ばかりでなく、実は友軍に遭遇することであった。構える心にゆるみが生じだしていた。えてして、そういう時に事が起こるものである。

「止まれ！」

不意に前方で声がかかった。全くのとつぜんであった。風早の右手が拳銃のサックに本能的にかかったものの、すでにおそすぎたのだ。

盆地といっても、一望、見とおしのきくような地帯は少なかった。やはり岩壁が露出していたり、平地のところどころに、見上げるような巨岩が突起している地帯もある。

もっとも、こうした敵中の潜行に遮蔽物のない一望の平野は、危険には違いなかったが。敵にとっても奇襲するには絶好の地点といえた。

風早隊は峻岩を通り抜けようとしていた。全くの不意打ちであった。岩の前方から数十名の八路軍正規部隊が出現し、敵は投網のようにみごとな隊形を描いて風早隊の進路をはばんだのだ。

後方にもチェッコの銃口が、風早隊に向けられ、退路もたたれていた。軍曹も万事休すと観念した。指揮官らしい三十前の男が一歩踏み出すと、流暢な日本語を用いた。

「指揮官はだれか」

政治部員であろう。何々軍区政治部部員、あるいは××軍分区政治処処員と正式には呼ぶ人物に違いなかった。軍分区の下部なら県政府軍事科政治幹事または軍事幹事というのである。

風早軍曹は悪びれず、名のって前に出た。銃口は向けているが、害意はなさそうにみられるのが不思議であった。射とうとしないところをみると捕虜にする気持ちなのか。

指揮官らしい男は、合図ともみえ大きく手をふった。担架にのせた将校を運んでくると静かにそこへおいたのである。

「日本軍の立石大尉です」

担架の将校を示し、その政治委員はおだやかな口調で話しだした。

立石大尉は、河北の諸地域で有名だった。日本軍の中でよりも、中国の村民の間である。植樹の必要を説き、守備の余暇をみては将兵の陣頭に立って植樹の実践に挺身し、架橋、道路構築、駐屯期間の長い守備地では耕農の手伝いまでしていたという。

しかし、その戦闘ぶりは勇敢で、戦う軍人としては当然の任務ですといいながらも、わが軍の損害も、立石隊との戦闘では常に多大の損害を出した――と。それを言葉にする時は悲痛なかげりがあった。

立石大尉の指揮する討伐隊は、それに一倍する八路軍の攻撃を反復こうむって全滅した。重傷をうけ昏倒した立石大尉は八路軍の手で収容されたのである。

八路軍の調査によって立石大尉と判明、八路軍は、立石大尉を捕虜にするに忍びないばかりか、自決をおそれたのである。

政治委員は、風早隊の事情を問うた。風早は、立石大尉の隊ではないが、三人の女性を移送しながら後方に撤収中、道に迷い、途中事故に出会って一人の女性は死亡したと、真偽をとりまぜて述べた。

八路軍は立石大尉を貴隊の力で貴軍の野戦病院へ運んでもらいたい、八路軍は察南地区へ移動する、ということだった。

「戦闘詳報、功績表は大尉のポケットに戻してある」

軍刀、拳銃はと話しながら、すぐ背後から兵が委員の手に渡す。刀と拳銃を風早に手交し、彼らは囲みを解くと、立石大尉の回復を祈るといって立ち去った。

ハルミ・琴枝が泣くのはおかしくないとして、禿鷹・蠍（さそり）などという面々が感動して声をあげ泣くのは奇妙な情景であった。風早と野中にはまた別の感慨があるようである。いざ、立石大尉を運ぼうという時になると、日ごろ何かにつけて腰の重い囚人たちが蝗（いなご）のように轅（ながえ）に飛びつくのだった。できるだけ苦労をひとに譲って楽をしたがる彼らには珍しいことだった。

今夜は危険はないと情勢判断を下した風早は二、三キロ山手にあたるドロの木の疎林を露営地にきめた。

思いなしか風早はじめ全員が、いままでにない明るさに包まれている気がする。

「大尉どのを頼むな」

風早にしては珍しく、琴枝とハルミの肩をたたいての笑顔であった。

歩哨には野中上等兵があたっている。

風早も、きょうの疲れは快い疲れのようである。うとうととしかけていると、琴枝が大声で叫んだ。彼は服装をととのえると、担架のところへ飛んでゆく。

「立石大尉どの、竜泉関独立警備隊の風早軍曹であります」

軍曹はかがみ込んで大尉の顔に自分を近づけた。野中上等兵をはじめとするニセ兵隊も、精いっぱいに兵隊らしく角張って不動の姿勢をとっているのである。

「ここはどこか？」

「はい」

と答えたものの正確な地名は軍曹にもわからない。事情を話すと、大尉は苦しそうにしながら上半身を起こせと命ずるのだった。

血のにじんだ包帯にほとんど半身を包まれている老大尉の姿は痛々しかった。

「軍曹、拳銃をくれ」

大尉の一言が、何を意味しているのか、全員にもわかる。

「大尉どの残念ですがお渡しすることはできません」

八路軍もそれを案じて、拳銃と軍刀を別にして風早に手渡している。それを渡せといわれて渡せる風早ではなかった。

風早は、大尉どのは八路軍の捕虜でもなく、八路軍においても、ハッキリ捕虜ではないといっている。風早は口をきわめて力説する。だが立石大尉は、

「お前も軍人なら、わかってくれるだろう。八路軍の取り扱いには深く感謝する。だが、理由のいかんを問わず、わしは一度は捕虜となった身だ。空閑少佐の前例を、お前は知っておるだろう」

無知蒙昧な石松は、自分の感情をどう表現していいのかがわからない、声をあげて、バカ、バカ、バカと連発することが、彼にとって、精いっぱいの感情の表現法であった。禿鷹も、

怒りのやり場がないように軍曹にかみつく、捕虜なんかじゃないわ、ないわと琴枝は、軍曹の胸を両手の拳でたたきつづけるのだった。

　おれたち仲間は口が裂けても言ってならねえことをいう奴はいねえ——野中上等兵は野中上等兵で、兵隊の素性露見をおそれて、ひとり気をもんでいるように見える。

　なお答えしぶっている風早に、叱咤が飛んだ。

「軍曹、野戦病院へ送ることは、親切ではない。結果はおれを罪人として日本軍に引し渡すことになるのだぞ。軍人として拭うことのできぬ恥辱を与える気なのか」

　大尉は、興奮し、叱ってすまんとわびたのは、全員を兵隊と信じ、同じように苦戦しながら本隊を追及中と思っていたのだろう。

「お前たちの志はありがたく礼をいう。軍曹、功績表などお前に渡す。部下のためだ、司令部に届けてくれ。さいわい右手が使えるのだ。拳銃をくれ」

　風早軍曹は直立不動の姿勢をとると大尉に向かって拳手の礼をとった。

「ただいまお渡しいたします」

　一時の感傷で大尉の自決を阻止することが、もっと深い恥辱を与えたうえに、結局他力か自力かは知らず決定的な死へ追いやる軍の非情冷酷な枷に気づいた。

　風早軍曹は、野中上等兵以下全員に、数歩さがれときびしく命じ、大尉の拳銃をとると、実包を裂塡して一発を薬室に送り込み、銃身の方をもって大尉のそばに進みよった。

「大尉どの」

　大尉は礼をいって、軍曹から自分のブローニングを受け取った。

転機ある出発

長い夜だった。日本への道は遠い、軍曹は心で幾度となく呟いていた。やっと夜があけたという気がするのも、きのうの立石大尉の、心にしみる事件のためであったろう。きのうのうちに、土を掘り、大尉の遺骸は丁重に埋め、立木を削って、鉛筆をなすり墓碑銘を書いた。いずれ風雨のため消されるとしても、せめて一日でも二日でも立石大尉の遺霊を慰めないではいられない風早軍曹であった。

軍曹と野中で、遺品を整理してひとまとめにした。風早は、これも野中に託した。野中がその時、はたのものに聞こえないように低く(軍曹どの、軍曹どのは自決を考えておられるのではありませんか)ときいた。だれかわからない兵隊の母の写真といい、今は、大尉の遺品を、なぜ自分にばかり託すのかと不審になっての質問であったのだ。

軍曹は笑って答えた。バカ言えよ、生きたいからこんなバカな苦労してきたんじゃないかと。

出発の時になると、禿鷹と蠍が軍曹の前に立った。立ったものの軍隊言葉の使えない二人であった。

「風早軍曹どの、おれたちも北京へつれてってくれ」

北京へ行けば、お前たちの前に待っているものは、また鉄格子と死の戦線だぞ。風早の言葉を待っていたとばかり、彼らは、かわるがわるわめきたてるのであった。

「おれは満州なんか行かん、行かねえよ、たとえ絞首刑ってやつにされても、お前さんたちと、ねえちゃんを守って北京へ行く」

蝎だった。

「おれだって行くぜ、ムショにブチ込まれようと、地雷撤去作業だろうと、何だってやるぜ」

石松だった。無知は神の心に通じているのかもしれない。無知は正直であった。

「一生に一ぺんぐれえ、いいことをしたって罰は当たるめえ。閻魔も見のがしてくれるよ」

肩を張るのはむささびである。葬儀屋と長庵は、黙って重そうな荷物を選び出してかついだ。

統率しようと努力してできなかった風早は、何もしないで、みなの心が一つになっているのを不思議に思わずにはいられなかった。

風早の言葉を初年兵のような謙虚さできく男たちだった。

二百何十キロの道程を踏破して蓬頭の南にたどりついたのは、それから数日後、五月二十四日のことであった。拒馬河の支流の渡河に成功し、大竜門と石門子をつなぐ一線を越えれば、北支軍の勢力圏内にはいることができるはずだ。

風早は、特別任務について、この地域の調査に加わったことを思い出した。だが、それから数年経過している。大東亜戦争が勃発して半年、一年は、日本の軍の威力も、無言の間にも誇示できていた。

八路軍の主力が、長城の北、内蒙古の南西地域にと浸透していることは嘘ではなさそうであった。国府系地下勢力は別として、山西軍も、黄河の線に追いやられ、正規国府軍は、この地区からは閉め出されていた。

一方、支那事変、正確に表現すれば日中戦争において、日本が占領した大小の都市は百四十六に及んでいた。だが、それは、広大な中国の主要都市の点にすぎなかったのである。いうなれば、日本軍が押さえたのは、広大な土地の上の、ところどころの点であった。点はやがて線によって遮断され、点は孤立するが、線は広くつながっている。中国共産軍はその点以外に定着する九十何パーセントかの膨大な農村農民を手中に収めることによって、日本から、やがて国府が回復しようとしている点を黙殺して、点と点を、強大な太い線で遮断し、やがて面にまで拡大しようと、着々としてその目標に進んでいたのである。

一軍曹の風早祥二は、日本軍の全般作戦の意図するところ、八路軍といわれ、やがて人民解放軍、さらに中共軍と呼ばれる中国共産党の政・軍のあり方、また蔣介石の国府の企図など、わかるはずのない雲の上のことではあった。

が、幾度か華北の北辺の守備・討伐に参加し、実戦を経てきた彼は、大略の彼我の配備状況を推定することができる。

立石大尉は風早に、風早隊の今後の方針を訊ねたとき、北京に向かうつもりなら、拒馬河の支流のなかほどに、自分らがかけた吊橋がある。これを利用すれば石門子のすぐ北に出られると教えた。武装した兵なら、やっと二人が渡ることのできるヤワなものではあるが、ほかに渡河点はなく、たいへんな迂回をしなければならないともいった。

八路正規軍は撤収したのか、もともとこの地帯に駐屯しなかったのか、その点はあまり明瞭にはできない。

だが、この時期、この周辺が匪団の巣窟であったことは否めない。

元来、土匪・馬賊・思想匪など、満州建国時代、約三十万といわれ、これらは通化省・安東省・錦州省・熱河省に蟠居していたのである。満州建国で惨敗した東三省の軍兵が、そのまま兵匪として活発な動きを示し、反満抗日のゲリラ戦をつづけていた。建国数年の間に、関東軍の満州軍討伐によって約一万に減少したと公表されたが、とくに、熱河省地区の集落は、通匪村が多く、また、表面、満州国の良民を装いながら村ぐるみ匪団となっているものも少なくなかった

金日成、楊靖宇・呉義成・王殿楊・曹国安などの大もの以下、三十万を一万に討匪し終わったと発表されていたが、いま言ったような潜在匪団を数えると、はたしてそれほどに減少していたかどうかは、はっきりしない。

関東軍の、承徳に司令部をおく西南防衛軍と満州国第五軍管区隷下諸部隊との協同作戦による継続的大討伐で、次第に、上黄旗、頭道河子、黒達営子、孤石児の線にジリジリ追いつめられ、長城を越えて華北、察南地帯へ遁入した雑軍、兵匪ともいうべき軍兵が諸方に陣地を構え、まだ遊動していたのである。

彼らは、時に八路正規軍や国府軍と協同することはあっても、日本軍に対しては強烈な敵意をもって攻撃を加えるのであった。

まして劣勢な風早隊などに遭遇すれば、それこそ死体に集まるハイエナのように、群がり、よき餌食にされることは必定だった。

風早は隊員を全部集めて、今後の方針を打ち合わせた。小さな作戦会議ともいえた。強力な兵匪のたまりが散在していることを考えなければならない現在、隊員の団結と機敏な連繋がくずれれば、全隊が壊滅してしまうに違いない。兵匪部隊に遭遇しないことが何よりではあるが、それは運任せ、祈るほかないことであった。

馬水口から蓬頭という小村、それを拒馬河本流につないでいる線を突破して、支流の渓谷にかかっている吊橋を渡りきれば、あとは北京へ着いたも同様であった。

石門子から北京まで約八十キロくらいとみればいいが、その手前の門頭溝までなら六十キロそこそこである。いずれにしても、石門子の線に出さえすれば、日本軍の守備地域、車両に便乗することも可能と思われるのだった。

ただ、その吊橋の地点を頭の中で算出するのが面倒だった。

風早は記憶と、頭の中に書き残してある地図をノートに再現してみるのだった。蓬頭から南下して約十一、二キロの地点が拒馬河の本流である。偵察で蓬頭は望見しておいたから、道路ぞいに南下して、できれば兵匪との接触をさけ、五、六キロの地点で東進しよう。立石大尉の教えてくれた吊橋とあまり違わない地点に出られるはずであった。

風早は、心の中で、立石大尉が農民のために苦心してかけた吊橋を渡りきったら、爆破してしまうつもりでいた。八路軍でさえ捕虜にもせず丁重に送還してきた立石大尉の。かずかずの華北民への贈り物の一つである吊橋を、立石大尉を無事軍病院へ送りとどけると約束した自分が、破壊してしまおうとしているのをふりかえって、忸怩とした感慨にとらわれずにはいられなかった。

生死の橋

太行山系の一部が、蓬頭の東方で二つに割れ、その間を拒馬河に注ぐ支流が、源を発している。馬水口、蓬頭の道路といっても、山岳地帯の裾を開発した小悪路にすぎなかった。

風早がノートに再現した地図を、磁石と首っぴきで速度、歩度、行程と照らしあわせ、計算しながら、兵匪の宿営地に近い地点に出たのは翌二十五日の正午すぎであった。

「夜になってから出発だ」と、一隊を丘陵の陰に待機させ、日没までに戻るといいおいて、風早は便衣に替え、拳銃と手榴弾だけの軽装で出かけていった。

風早は帰ってくると、偵察した情況を次のように伝えた。

道路の向こう側は山ぞいで、山にのぼる道はここ二、三キロのところ見つけることはできそうにもない。その道路の先方には、強力な兵匪が、移動するのか、駐屯しているのか、真相はわからないが、相当の部隊のように見うけられる。少なくとも、目算で一個連（一個中隊）に相当する兵力と推定していいが、その先、拒馬河寄りに、その主力が所在するかどうかは、その地点を突破してみなければ判明しないというのだった。

べつだん、警戒の意味でもなさそうだが、一部は、道路に添ってのんびりと休止しているという。

何はおいても、今は、戻るわけにはゆかないところまで来ているのだ。敵地を突破しなければ、吊橋のあるという山上に登る地点にとりつくことができない。

ここを出発し、明けがた、寝込んでいるスキに兵匪部隊のところを通り抜け、山上にかかるのは朝の光をみると同時にしたかった。かりに月あかりがあっても、吊橋を渡るのは危険だったからだ。予定どおりにできれば絶好のタイミングといえた。

日本軍の討伐隊が動いている様子もなく、敵は、明けがたにはもっとも熟睡していると思っていいからである。

不用のもの重いものは、兵器のほか全部すててしまう。出発前、腹ごしらえをし、余った食糧は各自にわけ、水筒とともにしっかりからだにつける。武器は、前にわけたまま携帯する。できるだけ身がるになり男女とも支那靴にはきかえた。

軽機は風早と野中が、場合によって臨機の処置をとるか、突発事故に際して下す風早のいかなる命令にも絶対服従して、遅疑逡巡してはならない。何人かの犠牲者があるとしても、一人だけでもいい北京へあのノートを届けるため、一時の感傷から犠牲者に心をひかれ、隊全部を危険にさらすようなことがあってはならない。

これが、命令のすべてであり、日ごろの軍曹としては、少しくどすぎるのではないかと思えるほど強く、きびしくいいふくめるのであった。

ハルミ・琴枝も自衛しなければならないが野中が二人を誘導する。決死隊の出発前夜のようにみなが緊張しきっていた。

「戦闘はでいりと違うと言ったが、どうにもしようのないときは、でいりの要領で敵と渡りあってくれ」

　これが風早の口にした最後の言葉であった。

　兵匪部隊は、山裾の道路から平地にかけて宿営していた。道路側に出ている歩哨は五、六人とも銃をだいて、いぎたなく寝込んでいた。宿営地と道路との間には、移動用の天幕の材料とか食糧のマータイ袋、何がはいっているのかわからないが大小不同の木箱などが山のように積まれ、馬はいなかったが大車(たいしゃ)ようの荷車が数十台、ズラリと並んでいた。

　どうしても道路上を通り抜けなければならなかった。道路といっても細く、凹凸の激しい悪路である。どこかから掠奪したか、八路から譲りうけたのか軍用とも見えない古いトラックがたった一台、歩哨のずっと南位置の道路上にデンとおかれていた。野中はモーゼルを左手に、風早を先頭に、寝ている歩哨に気づかれないように通り抜けた。手榴弾を一個右手に握って殿(しんがり)りをつとめる手はずとなっていた。

　十人からの人数が、狭く凹凸の悪路に、いぎたなく寝っている匪賊たちをまたいだり、鉄砲や弾帯につまずかないように、忍び足で通り抜けようというのであった。いくら神経をつかっても、いや、つかえばつかうほど隊列は蛇(へび)のように長く伸びていった。いちばん先頭で通り抜けた風早軍曹は、つづく禿鷹たちに手をふって先に進めと合図をおくる。すべてが無言劇であった。軍曹は、トラックわきに、首をたてないように軽機を立てかけ、タンクからガソリンを道路上に流した。道は兵匪が宿営している方に斜傾している。軍曹はそばにおかれてある二つのドラム缶にソッとふれてみる。一つは中身がいっぱいらしく、へたに動かすと音をたてそうだ。一つの方は六、七分目ぐらい、これをソッと傾けて、ガソリンを道路に流した。この作業中、琴枝がトラックの横を抜けてゆくのが彼の目に映った。

これで全員無事に歩哨線を通り抜けたことがわかった。

軍曹は殿（しんが）りの野中上等兵と肩をならべながら、トラックの位置を離れると、女たちに手を貸し、息をつめて駈けだす。すると、途中、長庵と葬儀屋が走りながら戻ってくるではないか。

どうしたのだと風早の目は非難をこめたきびしさで訊いている。二人は、二丁ほど先に登り口があると、誘導しに戻ったのだ。

禿鷹と蝎（さそり）は、十メートルほど登った地点で後続者を待っているというのだった。軍曹は思わず舌打ちした。なぜ、命令どおりにしないのか、なぜ、だれでもいいから足の早いものが登りきって、渡河点の位置を調べておかないのかといういらだたしさからであった。正規の兵隊なら、こんなとき、こんなことをと歯ぎしりしたくなる。

「風早旦那、もっともっと面白えことがあるんだがね」

強力な兵匪部隊に包囲されているというこんな場合、いったい、どういう神経の持ち主なのかと、軍曹も苦笑せずにはいられなかった。

むささびの秀は、この世の最後に、どうしても大ものを掏（す）りとってみなければ死ぬにも死ねないといい、隊長が怒ったら、敵のを掏るんだからあやまっといてくれと、と伝言して、寝込んでいる歩哨の中にまぎれ込んで、チェッコと弾帯を失敬したというのである。

りっぱにもさってきたぜと、軽機と弾帯を札入れぐらいにしか思っていないむささびであり、スリの最後をかざる大仕事だったと、鼻をうごめかしたのだという。軍曹は、ここに至って笑っていいのか哭いていいのか、しばらくは唖然としていた。

「そういえば石松がいないじゃないか」

心中で手に余る人間のクズとののしった日もあったが、二十数日、生死と起居をともにしているうちに、風早は彼らにしみじみとした友愛を抱いたようだ。安危を気づかって問いただす軍曹に、葬儀屋が笑った。その笑いの顔に中には、石松の人間を誇りに思う得意さのようなものがかくされているのだと軍曹は思った。

葬儀屋が、笑いのあとで唇を開きかけたとき、さっき通り抜けた兵匪幕営地のあたりで、突如、爆音とともに火柱が空に向かって吹きあがった。爆音は一度ではなく、大小連続して起こり、火炎は次第にその規模をひろげ、空を焼くようにあかあかと燃えさかった。

その周辺だけが真昼のように明るく照らし出され、小さな黒い影が右往左往しているのが目に映った。

「いいんだ、いいんだ。おれたちには、おれたちの作戦ってものがある。でいりの要領でやってくれっていったのを忘れてくれては困るよ」

石松・むささびの二人は、敵を攪乱するため、射ちながら、北へ北へと遁走して、反対方向へ敵を誘導する手を打ったのだというのである。

「バカな奴だ。万が一にも助かる道はない」

それに、南に敵の部隊がいたら、せっかくの苦心も水の泡ではないかと、二人のための切歯する軍曹に、そのためにむささびの秀が最後の大仕事としてチェッコを（もさってくれたんだよ）という。

長庵と葬儀屋が登り口を遮断して、渡河点を発見する時をかせごうという寸法だと鼻をうごめかすのだった。戦術など何もわかっていないはずの男たちと思っていた彼らが法にかなった作戦をたて、みごとに追躡する敵を南北に分断したうえ、登攀地点において邀撃して渡河の援護をしようというのである。

風早軍曹が、自分一人を殺して他を救出しようという企図を、彼らは看破していた。そうして、その風早の企図が実際には不可能なことも、彼らだけに通じる心が、それを理解したのだといえよう。

ここは任せて、早くとせきたてる二人に、軍曹の方が遅疑した。

「戦場では感傷は許されん、たしか、あんたそう言ったろ」

軍曹は、二人の手を握った。ふり返りたくなる心に叱咤を加えて、砂礫の胸を衝く急坂にとりついた。

高度は、それほどとも思われないが、道は悪く、油断をするとすべり落ちかねない急勾配であった。琴枝とハルミは、風早と野中の助けがなければ、とうてい、短時間に登りきることはできなかったろう。前後して、登りつめる少し前、下方の登り口で激しい銃撃、機関銃の連射音が耳朶をうった。

登りきると、あっと叫びをあげたいような風物が目前で展けた。目を直線上に向けると、深い澄んだ空気がいっぱいにひろがり、匂いまでが、黄塵をまじえずすがすがしく肺臓にしみとおってゆくのである。

靉靆と朝靄にけむった対岸の風物は淡彩画を見るように美しかった。ああ、日本なんだわ、そんな錯覚がハルミと琴枝の心に痛々しいまでの感慨をたたきつけたのも、荒漠とした風物の中に数週間を喘ぎくらしてきた過去と未来への断層が、あまりにもきわだちすぎていたためでもあろうか。

野中上等兵は、風早軍曹から受け取った双眼鏡を、霞んだようにみえる対岸の絶壁の肌の上を静かに走らせていったのである。

「吊橋があります」

双眼鏡を離し、こちら側を目測した。

「北方約二百五十メートル」

野中の報告の終わらないうちに「こい」と叫び、風早軍曹は走りだしていた。五人がつづいて走った。走りながら風早軍曹は野中上等兵に命令を下していた。

「一番にお前が渡れ、いいか、大尉どのは武装兵二名といわれたが、現在どうなっているかわからない、大事をとって一人ずつ渡る」

「軍曹どの、女たちは？」

「バカ！　兵員と兵器が優先する。わからんのか？」

吊橋のそばに着いた。風早は敏速に、周辺対岸の地形、登り口から、ここまでの方角などを見流しておいて、もう一度心の中で、反撃援護の方法を確認した。

「おい、みんな、敵は登り口で押さえなければ、軽機の絶好の射程内にある。こっち側の崖っぷちから橋をねらわれたら一コロだ。野中、渡れ」

「軍曹どの！」

「バカ！　貴様！　貴様ァ兵隊か、任務を忘れたのか」

「でも……」

「でも蜂の頭もあるか、わからん奴だな　おれも生命が惜しい、あとから行く、ああ、手榴弾はおいてってくれ」

野中は、手榴弾二つを風早軍曹に渡し、直立不動の姿勢をとると、申告でもするつもりか、呼びかけるのだった。

「そんなのはいい、早くしてくれ、おれたちの生命がそれだけ縮むのだ。忘れるな」

野中上等兵も、初めてそのことに気づいたようだ。感情をいっぱいにこめた一瞥を送ると橋のたもとに駈け出していった。

「二人とも注意して渡るんだよ、あぶないからな、下を見ないように」

今まで、言うべき機会を失って、心いっぱいにつまっていた軍曹に対する恋慕の切ない情が堰を切った。琴枝は、ただ、風早さんと叫びかけることで、愛情を表現するしかなかったのだ。風早は黙って、琴枝に手を差しのべた。

二人の女からも手榴弾を受け取り、自分のと七個の手榴弾をいっしょに結びつけ、吊橋の端にゆわえつけた。

野中上等兵が橋の中途に行きついたのをみると、ハルミがつづいた。風早の目は橋の上の人影と、手榴弾を結びつける自分の手と、そして耳は、下方の銃声に注意をとられていた。

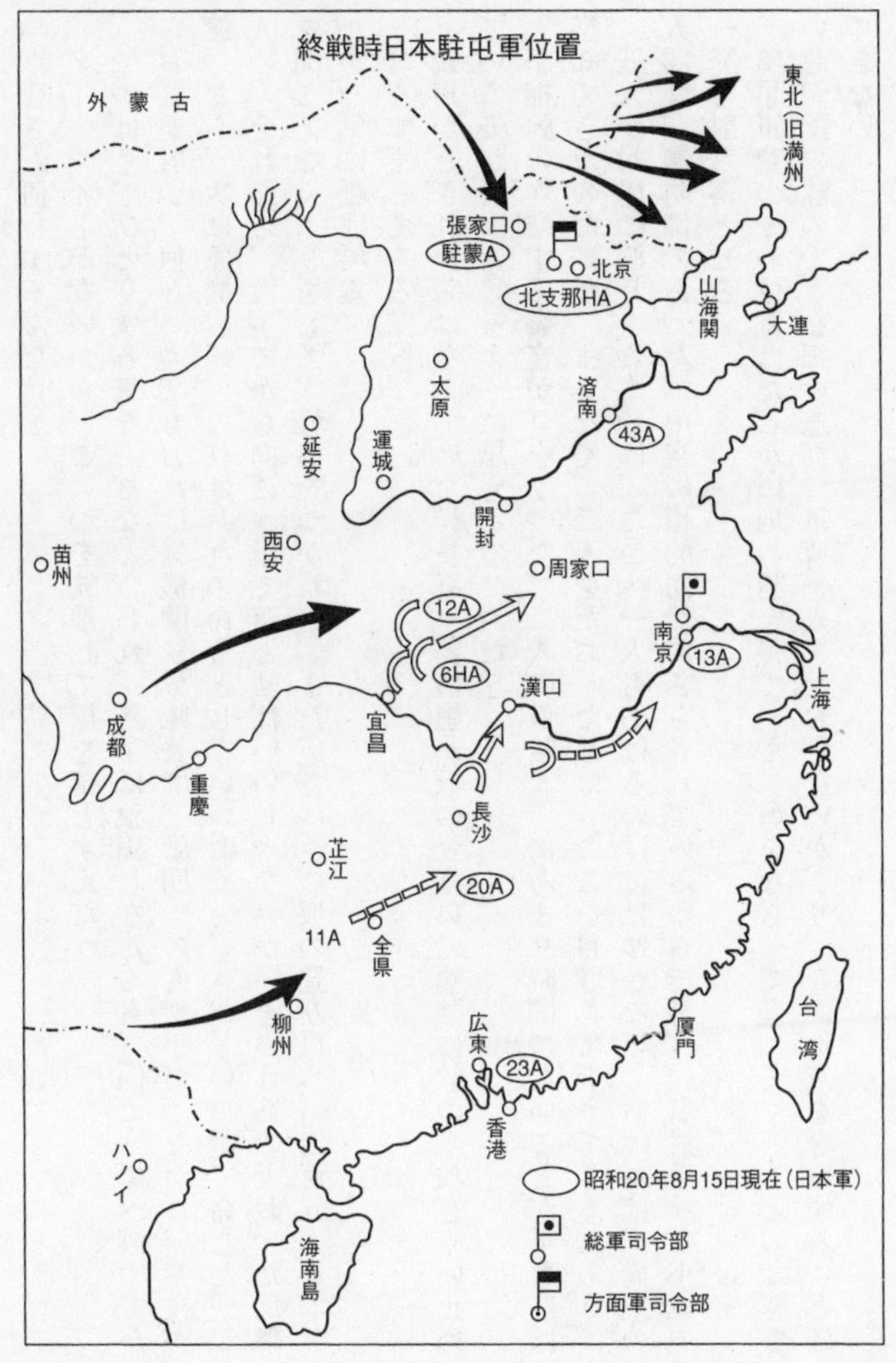
終戦時日本駐屯軍位置
外蒙古
東北（旧満州）
張家口
駐蒙A
北京
北支那HA
山海関
大連
太原
済南
43A
延安
運城
開封
苗州
西安
周家口
12A
6HA
南京
13A
上海
成都
宜昌
漢口
重慶
長沙
芷江
20A
11A
全県
柳州
広東
23A
厦門
台湾
香港
ハノイ
海南島
昭和20年8月15日現在（日本軍）
総軍司令部
方面軍司令部

「軍曹さん何をするんだ」

「ダイナマイトがないから、こいつを銃撃して橋を落とすんだ」

やっぱり、ひとり残る気なんだなといわれ、風早は狼狽しながらも、向こう岸へ渡ってからおれが射つ、何といってもおれは軽機関銃分隊長で、師団一の射撃手だったから、琴枝が渡ったら、次に禿鷹、蝎、これはおれの命令としていいおくと、きびしい口調で命じた。二人の、それなら、渡ってから向こう岸で落とせばいいじゃないか、という筋のとおった反撃を聞こえないふりをして、軽機をつかむと、また、さっきの坂の登り口への二百五十メートルを一気に駈け戻る。

耳をすましてみる。

銃声がとぎれがちになっていた。長庵、葬儀屋が坂の登り口で頑強に敵の来攻をくい止めている姿が目にみえるように思えるのだった。

手榴弾の炸裂する轟音が耳をうった。二人の最後までにあまり時間のないことが軍曹には察知できたのだった。まもなく、二人をたおした敵は、ここを目ざして登ってくるだろう。

五人が対岸に渡りきるまでは、ここへ一人もあげるわけにはゆかない。あげれば、橋上の人間は、無防備であった。中空に標的同然にさらされているからである。名射手なら小銃の一発で射ち落とせる。

風早軍曹の今の位置はたしかに地の利を得ていた。肩をならべて登ってくることのできない急勾配の畦のような細い道だ。軍曹一人をたおさないかぎり、この地点を奪取することはできない。

敵が擲弾筒や擲弾銃を使用すると、情勢は少しまずくはなるが。新しく得た男女戦友たちの魂が、彼の前後をとりかこんで守っていてくれるだろうと思えば、彼の心のなかの孤独感は、いくぶんか救われるのだった。

下の銃声がとだえてから、しばらくたつと、中国語の声が耳をうった。軍曹は、その声と、自分が登ったときの地点を推定して、軽機を構え、試みに一連射を浴びせてみせた。下方で、うめき声と盲射ちする銃声がきこえた。

五人が渡り終わったころ、駆け戻って吊橋を射ち落とすという最後の仕上げがある。ここを離れることが早すぎれば、敵に、正面を解放するようなものであった。自分の死はいいとして、橋上の、橋の袂に残った人間は、たちまち銃撃されてしまうだろう。その点は、むしろおそすぎる方がいいが、自分が戦死して、渡河点を奪取されれば、対岸の五人の運命にかかわる結果になろう。

五人のこと、橋のこと、追躡する敵のこと、射撃をつづけながらも、最上のタイミングをつかむ測定に全神経を傾けていた。

一人が橋の半ばに達したとき袂の一人が渡りはじめるから、ここを放棄するのは少しばかり早いのではないかと、渡河の速度を算定しながら引き金の指をふと止めた時、橋の方向ですさまじい炸裂音があがり、これが谷間に谺して風早軍曹の思考を中断した。

軍曹が予想もしてみなかった変事が橋で起こったに違いないのだが、それがどんな変事か考えている余裕もなかったし、また、ここを放棄する決心もつかなかった。

それからしばらくののち、ふたたび同じような轟音が軍曹の心をさわがしたのだ。

命じてもききいれる連中と思えなかったばかりに、全員渡河を終わったなら、向こう岸で橋を落とせと、きびしく命じなかったことを後悔した。

軍曹は心中の動揺を押さえながら、射ち尽くした弾倉に弾丸をつめかえた。

「風早軍曹」

顔をねじ向けると、声をかけたのは禿鷹だった。

禿鷹の姿を見た瞬間、正直、風早は力強い救いの主に出会った気持ちにされた。しかし、命令を忘れたのかと、長い習慣が、叱りつけるような語調の言葉を口にしていたのだ。禿鷹は笑いながら、おれは兵隊じゃあないからね、と応じてくるのだった。

今の炸裂音は、蝎(さそり)が自分自身の肉体で橋をこわしたのだという。軍曹が渡河する気のないことは二人ともとっくに読んでいたのだ。琴枝が対岸について、こっちに合図を送ると同時に、しめし合わせた二人は風早の仕掛けた手榴弾めがけて射ちまくった。しかし、吊橋はまだ断ち切れず、四分の一か五分の一のところで、こっち側にひっかかっている。応急修理をされれば元の木阿弥(もくあみ)だ。二人は自分のからだで橋を切断することを思いついた。しかし、互いに、その役割を主張して譲らない。だが、事態は切迫していた。彼らしく丁半できめようということになった。

「運のいい野郎さ、あいつ」

蝎は、禿鷹の二個と合わせて四個の手榴弾を、信管を引き抜いたまま、今にも断ち切れかかってブラついている吊橋に飛びついた。

手榴弾の破壊力は、彼の体重、それに跳躍力を加えて切れかかった橋を落としたというのである。

「大蛇がのたうつように、くるくると舞いやがって、とっても綺麗に見えたよ」

ことこともなげな言葉だ。悲壮な蝎の死をこんなふうな表現で伝えようとしたのも風早の心を軽くするためだろう。この男たちを人間のクズというが、兵隊にしても立派な奴らだ。

軍曹は軽機を彼に押しやった。死にぎわに思いきり射たせてやりたいと思った。

射撃はおれの方がうまいからと、禿鷹のもっていた拳銃と実包を受け取った。禿鷹は満足そうに軽機をかかえて射ちはじめたのだった。

だが、二人とも残りの弾丸は、あといくらもなかった。迫撃砲弾が二人の背後で炸裂しはじめるようになってきた。

二人とも汗と垢と、のびほうだいの髭づらに、目だけが人間であることを証明しているようであった。風早軍曹には何の悔恨もなかった。こんな思いだけが、ふと頭の中をかすめて過ぎたのだ。過去のあるものが過去と絶縁する唯一の手段といえば、ただ死だけなのだろうか。

二人はある瞬間、何となく顔を見合わすと微笑を交わしたのだ。それは清冽な流れのようにすがすがしい微笑であった。人間がもし、一生の間に一度だけ心からほほえむことのできる満足の瞬間というものがあるとすれば、二人にとってこの微笑こそ、それであったに違いなかった。

井坂挺身隊、投降せず

軍は反転せんとす

井坂挺身隊、井坂小隊長以下三十五名が、重要任務を帯びて、天井関の新庄辺連隊本部を出発したのは昭和二十年八月一日早暁であった。以来、全くその消息を絶ってしまった。

また、井坂決死隊が、命令伝達に潜行した新庄辺連隊の第二大隊主力（一個中隊と一個小隊欠）三百八十名は、たまたま、同大隊が第一大隊に出した連絡将校が、同大隊に下達された兵団命令を、第一大隊長から伝聞し、その命令の中に（翼兵団隷下諸部隊ハ……）とあることを確認した第二大隊長は、守備陣地を撤収し、第二大隊と合流、中共軍先遣部隊を撃破しつつ連隊本部にたどりつき、第一大隊主力とともに新庄辺連隊はこれを収容したのだった。

新庄辺連隊は旧、翼兵団司令部の所在地博愛に到達、後命によって、新兵団集結地新郷へ撤退したのである。

連隊長は、軍命令による兵団新防衛線において、終戦の昭和二十年八月十五日を迎えたのであった。

井坂挺身隊長以下三十五名の運命については、終戦の数ヵ月後、八路軍ならびに国府軍側の断片的情報により、また、復員後の同兵団生存者の談話等によって、任務遂行中に起こったヒューマンな物語と、その凄絶をきわめた最後のありさまを、推知するほかはなかったのである。

では、井坂連絡挺身隊が受けた命令とは、いったいどんなものであったか。

昭和二十年七月三十日、『翼』兵団は、方面軍司令部からの極秘転進命令に接した。前年四月十八日、大本営は、京漢作戦、つづいて五月二十七日湘桂作戦を発起、広東省・湖南省・広西省の要衝と、主要鉄道沿線を前進、占領したのであった。が二十年にはいると、逐次、拡大した戦線を縮小整備しなければならない情勢に立ち至っていたのだ。

『翼』は戦時編成約一万に近い兵力をもっていたが、その守備地域は黄河の北方、山西省南部から河北省南西部の東西約三百キロにもおよぶ広大な地域であった。

三百キロといえば、東京湾口から、直線でだいたい山形市までであり、東京から西へ直線をひくと、ちょうど、伊勢湾の中心点に達する長さである。また、九州の中心を南北に線をひくと、これもだいたい三百キロである。

一万の将兵の守備地域としては、あまりにも広すぎるといえたであろう。

日本本土も、また南方も、各島嶼も中国本土も、日本軍の守備する立場は、戦線の拡大に反比例して、兵器・兵力の激減は、文字とおり累卵の危うきに瀕していたのである。

わずかに在満州の関東軍だけは、北辺の鎮護、無敵関東軍を呼称しつづけてはいた。しかし、それも数年前の夢で、その実態はお寒いものとなっていた。

昭和十六、七年ごろの関東軍は、じじつ無敵といえたろう。そのままの状況であったなら、いかに世界最強を誇るソ連大陸軍でも、満州へ侵入して、おそらく悪戦苦闘、昭和二十年八月十五日のような勝利など夢にも得られなかったに違いない。

昭和十七年前後の関東軍の一個師団は、ゆうに一個軍団の兵力・戦力を保持していた。戦時二万の一個師団は東寧の師団の一例をあげれば歩兵三個連隊（対戦車砲を含む）、砲兵四個連隊、工兵二個連隊、戦車一個連隊、捜索隊（騎兵）一個連隊、計十一個連隊、じつに七万という兵力をかかえていたのだ。

だが、このような戦力を保持していた関東軍も、とくに精鋭な師団は、その精強な兵器ともども、南方に抽出されていった。昭和十八年の終わりごろからの大移動四回をふくめて、終戦時の関東軍の一個師団の戦力といえば、機関銃と砲若干、対戦車砲なしという、みじめな状態になり下がっていたのであった。

昭和十九年夏までに抽出された各師団は次のようなものであった。第二九師団（グアム）、第一四師団（パラオ）、第九師団（沖縄―台湾）、第二八師団（宮古島）、第六八師団（台湾―レイテ）、第一師団（ルソン―レイテ）、第八師団（ルソン）、第二四師団（沖縄）、戦車第二師団（ルソン）、第七一師団、第二三師団、計十一個師団であった。

これらの精強師団は南方の諸地域に抽出転進し、とくに寒地作成の訓練を受けた将兵が、灼熱の南方で、数倍、数十倍の米豪軍の進攻を拒み、善戦したのであった。

このような兵力の低下と、戦線の縮小とによって、敵の大反抗に対して、全戦域、とうてい大決戦を挑む戦力を保持してはいなかったのだ。全戦域において、防衛線を後退縮小しなければならなくなったのである。

関東軍も例外ではなく、重要な北・西・東三国境から、通化の線にまで後退し、ソ連軍を自由に満州の中心平地へ侵入させ、白頭山脈を拠点とし、通化周辺の新防衛線によって、ソ連軍を邀撃するという窮余の新作戦に変更された。

名称がどうであれ、戦力低下による退却であった。進攻よりも、退却作戦の方が困難でもあり、むずかしいことはいうまでもなかったのだ。

方面軍司令部から命をうけた『翼』は、直ちに隷下諸部隊に、その後退命令を下達しなければならなかったのだ。

だが、これはあくまで隠密裡に急速に行なわなければならない任務であった。ビルマ北辺で、ミイトキーナをおとしいれ、あるいは、騰越・ラモウを玉砕させた中国軍、とくに米式新装備の国府軍に、四十倍五十倍の兵力と、九十日から百二十何日の時間をもって、かろうじて得た勝利ということはその心理のなかにはなかった。とにかく、頑敵日本陸軍を破ったという勝利への自信、勝ちに乗じて後退する日本軍を追撃して撃破しようとするのが、人間の情であり、また作戦の常道でもあったからである。

『孫立人の新編第一軍の士気は、はじめのうちは低調だったが、このころになると、ぐんぐん揚がっていた。日本軍に大損害を与え、勝てば勝つほど強くなった』

と、昭和十九年、北ビルマの戦闘について、ルイス・マウントバッテンは中国軍を評して

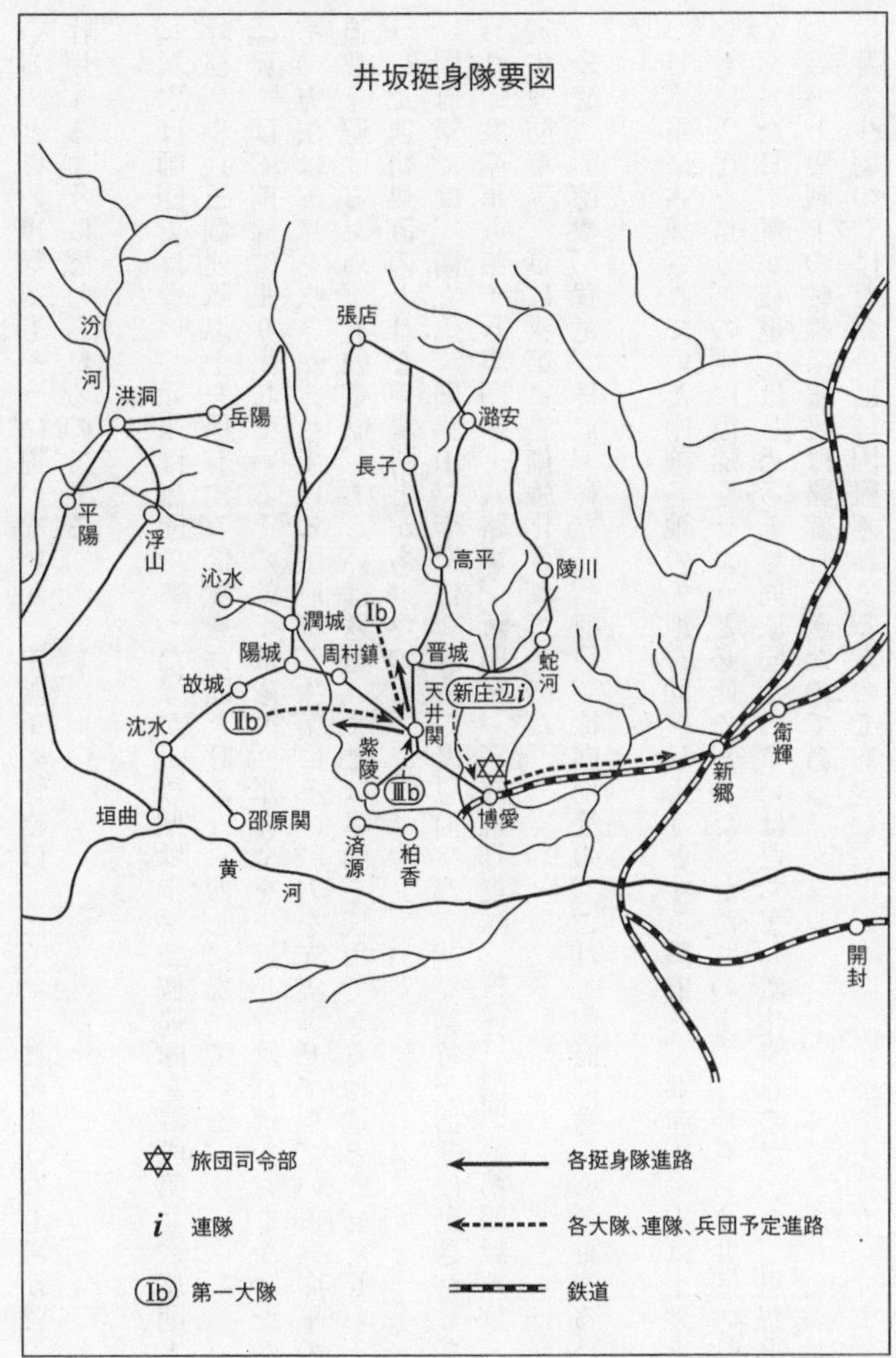
井坂挺身隊要図
汾河
洪洞
岳陽
平陽
浮山
張店
潞安
長子
高平
陵川
沁水
潤城
陽城
周村鎮
晋城
蛇河
故城
天井関
新庄辺i
沈水
紫陵
博愛
新郷
衛輝
垣曲
邵原関
済源
柏香
黄河
開封
旅団司令部
連隊
第一大隊
各挺身隊進路
各大隊、連隊、兵団予定進路
鉄道

いる。どこの軍隊でもそうに違いないが、中国軍の性格は、とくに、このような心理が強く作用するように感じられるのである。

『翼』は師団ではない。元来は旅団であった。が、後期は歩兵二個連隊を混成第××旅団と呼び、歩兵三個連隊以上を保有する部隊を兵団と呼ぶならわしになっていた。

『翼』は、前線に張り出しているその隷下部隊へ、軍命令を下達しなければならなかったが、その方法は、息を吹きかえしている国府軍、次第にその戦力を充実させてきている共産軍の追撃を避けるため、有線電話、あるいは鉄道、または車両を使用できる地域と、ぜんぜんそうした連絡処置のとれない場所とがあったのだ。

国府軍では、衛立煌(えいりっこう)、閻錫山、李宗仁、薛岳(せつがく)、湯恩伯など有能な諸将が活発に動きだしており、共産軍も第十八集団軍、八路軍、新四軍、華南抗日縦隊(縦隊は師団)、第四野戦軍、五省連防軍等、軍は次第に整備強化されていった。

朱徳、彭徳懐、賀竜、林彪、林立三、陳毅、徐向前等の、これも国府に劣らぬ名将ぞろいだった。

日本軍に占領されていた中国各地の失地を回復しようとする国府と、共産軍の方は土地とともに人民を自分らの側に復帰させようと必死であった。かたちの上で、いちおう共同の敵であった日本軍が後退しはじめると、同族同士の争いはたちまち激化するのだった。思想上の戦いと実戦上の戦線は複雑に錯綜してきたのである。

井坂少尉の受けた命令は、困難きわまるものであった。

敵の錯綜しているとみられている戦線に、もっとも深くキリのように突入していた新庄辺連隊第二大隊主力（一個中隊と一個小隊欠）約三百八十名のもとに、軍命令下達に赴かなければならなかったのだ。

第二大隊主力の駐屯地との間は、鉄道はもちろん、車両の利用もできなかったうえ、敵情の緊迫につれて無電連絡も不可能であった。無電が使用できたとしても古い暗号書が敵側に知られている公算が大きく、新暗号書を第二大隊は受領していなかったからである。

敵側の航空戦力の激増に比べ、今のわが空軍勢力は指をくわえてその跳梁に任せるほかはなく、任務達成の困難は、当初から予想されていたのだ。

どんなに困難がともなうからといって、第二大隊に軍命令を伝達せず放置しておくことはできないことである。

正式には、井坂連絡挺身隊と命令されていたが、出発そうそうから隊員は、その危険な任務を自覚したうえ、井坂決死隊と呼んでいた。

「隊長、連絡挺身隊なんて、ゴロがよくありませんぜ、決死隊といきましょうや」

深沢軍曹が意見具申をするのだった。すると小柳軍曹が、

「どうも、虫が知らすって奴かいのう、今度は生還できんように思えてのう」

あいづちをうち、

「深沢のいうように、決死隊がいいなあ」

と少尉の同意を求めた。常に三十五名が全隊員なのである。どんな事態に遭遇しても三十五名だけで闘わなければならない。連隊も、兵団も一日一日遠ざかる一方だったのだ。

二人の言葉どおり、今回の挺身連絡は危険この上ない任務ということは、出発前夜の二十一日、私室に連隊長がわざわざ少尉を呼び、

「楽な任務ではないが、しっかりやってくれ給え。敵中で孤立しているかもしれん杉野大隊を見殺しにはできないから、とくに、きみを選んだ理由もそこにある」

と激励した。

とくにきみを選んだうんぬん、という言葉は、若いが、少尉を見込んでの選抜なのだという連隊長の言外の意味を、井坂ははっきりと感じとって、万難を排して、この任務に挺身しなければならないと決意をかためたのだ。

井坂連絡挺身隊は、たんなる連絡行動に任ぜられたのではなく決戦小隊であったこと、一個小隊（二個分隊欠）の兵力三十四名にすぎなかったが、編成にあたって、各種の兵科の兵とともに、連隊長は、ゆうに一個中隊の戦力の装備を配慮してくれたのをみてわかった。

二軍曹の進言に、笑いながら、

「肉弾決死隊とでもいくか、名前はお前らの自由につけてくれ」

と答えた。

隊内の井坂少尉に対する評価は群を抜いてよかった。部下が失敗しても重箱のスミをつつくようなことは大嫌いで、いや、大嫌いなばかりか、むしろ、カバーしてやる場合が多かった。どうかすると上級者から兵隊を甘やかすなと小言を食うような場合もあった。

古参の下士官の一人が、

「野郎、若いくせに、頭もいいし、よく切れるが、せいぜい少佐か中佐参謀どまりだろう

「いや、おめえのいうことは当たってねえな、おれのみるところじゃあ、間違いなく大将になる将校だ」

と、井坂少尉の人物評をやると、いま一人の下士官が、

「もっともな、生きていての話だ。少尉で戦死しちまうかもしれんが」

と、反論する。居合わせた下士官の、少尉に対する人物論は、後者に対する賛成者が多かった。兵隊の見た、これが井坂少尉論であった。頭がよくっても、切れものでも、平和な時には大佐の連隊長どまりか、せいぜい少将まで。大将という階級に進むには、それだけの人物であることが必要であった。兵隊には、井坂少尉は、大将にまで進級しうる人物であると思われていた。

井坂連絡挺身隊長井坂少尉の受領した命令は、可及的速やかに新庄辺連隊第二大隊（大隊長杉野少佐）の守備陣地に到着し、前記の軍命令を伝達したうえは、杉野大隊長の指揮下にはいり、ただちに『翼』兵団に追及帰投すべしとあった。

また、不測の事態に際して、同挺身隊は、井坂隊長独自の判断によって行動すべしと付加されてもあったのだ。

不測の事態とは、杉野大隊が万一、玉砕全滅を遂げているような場合とも解することもできるし、あるいは、上級司令部の予断できない事態に当面した場合をさしているものとも思われる。

国・共の内戦の情勢は、端倪できぬ様相を示してきているのだ。
井坂少尉の自由宰領に任すという非常に大きな権限を与えた命令でもあった。

錯綜する国共戦線

昭和二十年五月七日、ドイツが無条件降伏に調印すると、日本の敗北はもはや、時間の問題に切迫した。

日本が敗れた場合、中国においては、蔣介石の国民党と、毛沢東の共産党との間に、降伏日本軍の受降官としての立場を強調する争いが生じてくるにきまっていた。

共産軍も、国府も、日本軍将兵の武装解除を、自己の側で行ないたかった。これは、どう劣勢化していても、在支日本軍の戦力を自軍の手に収めうるかいなかで、自軍の戦力の比重は急激に変化するからであった。

日本軍を、国・共いずれの手で降伏させるか、この一事は、国・共の内戦を非常に深刻なものとしていったのであった。

その一つの現われを爺台山の戦闘にみることができる。

国府軍、胡宗南の指揮する七個師は、陝西省の中央に位置する同官から興平、耀県、乾県一帯に集結しつつあったのだが、一九四五年（昭和二十年）四月二十一日に至ると、共産軍の守備地区である淳化、耀県の爺台山に猛攻をかけたのである。

両軍の戦闘は数日間、屍山血河のすさまじさでつづき、両軍とも多大の戦死者を出したのであった。

第十八集団軍総司令朱徳、副総司令の彭徳懐、五省連防軍の総司令賀竜、副総司令蕭克らの共産軍は、蔣介石に、極力、内戦は避けるべきであると二度にわたって申し入れをしたが、両軍の意見が具体化されないうちに、八月十五日の終戦を迎えることになってしまった。

毛沢東は、ソ連が日本に宣戦布告をした翌日の八月十日、

『ソ連の参戦は、まもなく日本軍の降伏を約束する。抗日の中国人民は、いまこそ、勝機到来と考え、全国的に一大反抗を断行しなければならない。と同時に、内戦の危険に対しては極力これを回避すべきである』

という意味を全国人民に声明した。

同時に、軍の総帥朱徳は、期限つきで日本軍の武装解除を行なうこと。共産軍の受降官を拒否し、また武器引き渡しを拒む日本軍に対しては、容赦なく攻撃してこれを撃滅せよと、解放地区全土の隷下部隊に厳命した。

朱徳の命令に接した共産軍は、日本軍の守備する都市に向かって一大反抗の進撃を開始したのであった。

また、国民党の蔣介石は八月十四日、

『在華日本軍は、現在地において、国府の任命する受降官の指示を受くべし』

と布告したのである。

抗日戦、国・共協同協定のうえにおいて、第十八集団は、蔣介石の隷下に属していた。蔣は、

『現在地ニ留マリ後命ヲ待ツベシ』

と電命したが、朱徳を始めとして、各地域の共産軍部隊は、在華日本軍の武装解除を行なうため進発していたのであった。

山西の元泉旅団のごときは、国府軍の受降使を迎える前に共産軍に武装解除を命じられ、正式の受降使閻錫山軍楊中将の到着の間、この赤軍と激しい攻防の戦闘を交わしていた。このように、随所に日軍と赤軍との戦闘が行なわれていたのであった。

朱徳は蒋介石の命令を断乎として拒否すると同時に、

(1)日本軍並ビニ偽軍（蒋介石軍をさしていう）ノ投降ヲ命ズベシ。日本軍隊ノ占拠シツツアル都市又ハ交通ノ要点ヲ至急占領スベシ。

(2)在東北（トンペイ）（旧満州国）ノ共産軍指揮官ハ、東北地区ニ駐屯中ノソビエト軍ト連絡ヲトリ、関東軍並ビニ偽満州軍（満州国軍）ノ投降ニ従事スベシ。

(3)スイエン、チャハル、熱河ノ共産軍指揮官ハ北進シテ内蒙古ニ進攻中ノ外蒙軍ト合流スベシ。

(4)在華北朝鮮義勇軍指揮官ハ、朝鮮ニ対スルソビエトノ企図ニ協力シ、第十八集団軍ト提携シテ東北ニ進撃セヨ。

(5)賀竜ヘノ命令――陝西（せんせい）省ノ基地ヲ進発シ大同・蒲州及ビ汾河（ふんか）盆地ヲ奪還スベシ。

(6)鉄道ニ近接シアル共軍指揮官ニ告グ――一切ノ交通ノ要衝ヲ奪還セヨ。

少数の日本軍守備隊は、強力な共産軍の猛攻をうけて全滅したものも少なくはなかったが、日本軍の大部隊は受降官を国府軍と認識し、共産軍の要求を拒否して、諸地域で日本軍と共産軍との激烈な交戦が行なわれたのであった。

国府軍の胡宗南第一戦区司令長官は陸路北上軍の総司令であった。

第十一戦区は、河北省・山東省を支配下におく戦区で孫連仲を司令長官とした。この上に行営（これも後に行轅（ぎょうえん））をおく。北平行営主任李宗仁。

新たに、内蒙古に第十二戦区をおいて、これは傅作義が軍政の実権を握り、山西省は、山西の虎といわれた旧主人閻錫山が司令長官として山西軍の総帥であった。

また徐州綏靖公署を新設して、顧祝同軍をおく。南京、上海地区にはいるのは湯恩伯軍であり、秦皇島に上陸して熱河から旧満州東北を指向するのは杜聿明（といつめい）軍である。

これらの諸軍が、日本敗戦の日から、約二、三年にわたり、凄壮な死闘をつづけることになるのだ。

七月九日、派遣軍は直接和平工作を策して今井参謀副長を河南省周家口南方新站集（しんたんしゅう）へ派遣、国府第十戦区副司令長官、第十五集団軍司令官何柱国上将（大将）との会談を行なわせたが不成立に終わった。

このような事実は、井坂少尉などはもちろん、現地の連隊長・兵団長も知らされてはいなかった。戦局はそこまで押し迫っていたのであった。

正確には八路軍、新四軍、××抗日縦隊、第四野戦軍、独立第××遊撃隊、抗日自衛軍等々、中国共産党軍は、いろいろの部隊名で呼ばれていたが、混乱を避けるために、少し時期的には早いが中共軍と呼び、蒋介石軍をすべて国府軍と呼ぶことにする。

井坂挺身隊死地に

井坂挺身隊が、新庄辺連隊本部を出発した次の日、すなわち八月二日の夜、思いもかけない敵と接触した。

井坂挺身隊も、この不意の出現に驚いたが、中共軍は、なおさら驚愕した。かれらの情況判断で、この地区には、国府軍は存在しないはずだからである。

日本軍の位置は、これよりも、ずっと北々東であるという判断であり、それも正しかった。接触した敵が日本軍らしいとわかった時、中共軍の指揮官は、国府と日本軍に挾撃されたものと誤断した。

中共軍のその一部隊は、はるか南々東の後方で強力な国府軍の砲攻撃をうけて、現在地から三十キロほど北々西の一〇一高地背後の中共主力に合流するため、退避中であった。

井坂挺身隊にも、それが国府軍か、中共軍か、また、その兵力が、営か、団か、いっさいが不明であった。同時にまた、中共軍の方も同じように、その兵力を判断することはできなかった。

だが、敵は擲弾筒、迫撃砲、重機関銃をもって攻撃してきた。兵は三十四名であったが、連隊長の特別の配慮によって、装備としては軽機六梃、それも九六式二に、最新の九九式四と重擲弾筒三、それに毒ガス発煙筒二、弾薬多数という優秀さであった。

毒ガス発煙筒は、俗に赤筒ともいって、多量に吸うと死亡もするが、ひどくクシャミをして戦闘不能に陥るという兵器であった。

交戦は約三十分にわたり、激烈をきわめたが、敵は多くの遺棄死体と兵器を残して北方に退却した。

井坂隊長は、深沢軍曹と、佐々上等兵、薄井上等兵に偵察を命じ、一方、わが方の損害の調査を小柳軍曹に命じた。

わが方の戦死、鈴木上等兵、田所一等兵、森一等兵の三名。軽微なる負傷四。これは、今後の作動行動に支障なしという報告だった。

こんな戦闘で三名を喪ったというのは大きかった。

前後して、兵一名をつれて深沢軍曹、同じく佐々上等兵の二名、薄井上等兵の二名、三班の偵察が帰ってきての報告を綜合すると、目的の新庄辺連隊第二大隊の駐屯地に至る各道路は、国府軍の攻撃をうけている中共軍で充満しているという。

いちおう両軍の戦闘地域から避退して、進路を東南東に変えることに一決して、戦死体を葬り、急遽、現在位置から出発した。

それから三日三夜、国・共の砲戦の音を遥か西方にききながら、敵の交戦地帯をはずして、井坂挺身隊は歩きつづけた。

大休止にも露営にも隊長以下、装備のまま立哨数名をおいて、厳重に警戒して仮睡をとるのであった。

「おかしいですね。大きく迂回はしたが、もう、例の坊頭岩のあたりへ出ていいころですが」

目標の坊頭岩の付近の風物とはまるで違っている。

「おれも、それに気づいていたんだが……」

地図に磁石を照らしあわせて、幾度も検討してみるのだが、どこで、どう道をとり違えたのか、坊頭岩へ出る金糸水という小川も見あたらないのだ。

地図にあるような川ではなかったが、第二大隊警備地に達するには、金糸水と坊頭岩をさがさなくてはならないのだ。

一年ほど前、前連隊長が巡視したとき、夕映えをあびた無名の小川が、金糸銀糸のように美しく、そう名づけたのだった。

国・共両軍の戦況は、井坂挺身隊に、具体的にはわからなかったが、国府軍が進撃すると、中共軍が退避し、また、中共が進むと、国府が退く、この一進一退をつづけながら戦線は次第次第に西北西方向へ移動しているようであった。

これは、井坂挺身隊の予定の行動に直接、影響を示した。国府・中共両軍の戦況を、ここに要約してみると、国府軍は、一〇一高地背後にある中共軍を撃滅しようとして、竜門高地の東南方にあった王豁然少将の部隊は重砲・野砲の援護のもとに、一〇一高地と、王部隊の中間地帯から、南下しようとしている中八軍に猛攻を加えたのである。

中共部隊は、国府軍の砲撃に、一度進撃した中部地帯から退却をはじめた。その退却中のある部隊と、井坂挺身隊は接触交戦したのだった。

これが七月末から八月中旬における、国・共の戦況だった。

それが、一〇一高地後方の中共軍は、正規軍を中核として、これに人民軍を増強、八月末ころには重砲陣地を竜門高地に推進し、竜門高地北方二〇一高地付近には山砲団（連隊）を推進するに至った。

一方、二〇一高地東の地帯から一〇一高地近くまで中共軍を駆逐した国府軍も、中共軍の強力な反攻にあって、次第に、七月末日占拠していた九九高地、二〇一高地以南に後退をよぎなくされたのであった。

在華日本軍に対して、機会あるごとに国・共ともに投降を厳命した。

蔣介石総司令は『在華日本軍ハ現在地ニオイテ国府ノ任命スル受降官ノ指示ヲ受クベシ』と命じた。

朱徳総司令は『在華日本軍ハ中共軍ニ全テノ武器ヲ引キ渡スモノトス。引キ渡シニハ期限ヲ付シ、万一コレヲ拒ムモノハ容赦ナク撃滅セヨ』と隷下諸部隊の指揮官に下令した。

戦闘が目的ではない。第二大隊へ一日も早く、命令を伝達するのが唯一の任務であったのだ。

第一、第三大隊へも、それぞれ連絡挺身隊が出されていたが、第二大隊守備地がいちばん難路でもあり、遠くもあった。また、中共軍の蠢動のはでな地帯でもあった。

それにしても、出発直後、こんな大がかりな国・共衝突が起こるとは、連隊本部はもちろん、さらに上級の司令部でも判断を下せないところであったろう。

だが、三班の斥候の報告を綜合して、国・共交戦区域を突破することは、とうてい、この兵力・戦力でできるわざではなかった。だれがみても、自殺行為であり、無意味なわざといわなければならなかったのだ。

日本軍としては、国府も、中共も敵として戦わなければならなかった。いうなれば現在の井坂挺身隊三十二名は、二つの強大な敵に直面しているのだった。

偶然のもたらした不運

挺身隊隊長井坂少尉一人ではなく、決死隊の全兵員にも、ここ十日ほどの敵情は、おぼろげながらわかる気がした。

アメリカ軍の強力な後援で、日本軍守備隊の守備していた要衝を奪回しようとする国府軍の各部隊と、それを、自軍の手に収めようとしている執拗な中共軍の戦闘が、この周辺一帯でくりかえされていたのであろう。

その空隙、一種の真空地帯へはまり込んでいるのが、井坂決死隊ということになるのだ。井坂挺身隊が、敵側の反抗を避けるため迂回しているうちに、道をとり違え、ついに第二大隊に接触することができなくなってしまった。

とくに、大きい敵を回避することは、井坂隊長が卑怯であるというわけにはいかなかった。井坂少尉のうけた命令は、杉野第二大隊長に会って、軍命令を伝達することで、中共軍と、国府軍と、そのいずれにもせよ、これと決戦せよという命令ではない。

装備も、一個小隊弱にしては充分すぎる火器を受領して出発していたのだ。充分に十倍ぐらいの敵なら、蹴散らしても通過することはできたのだ。元来、中国の戦線では十対一、味方が十人で、敵が百人の場合、必ず戦ってきており、勝つというのが、戦場常識となっていたからであった。

しかし、井坂少尉のうけている任務は、戦闘ではなかった。杉野大隊本部に達することである。井坂少尉は、そう自覚し自認しているのだ。

大幅に一任された自分の権限は、杉野第二大隊主力をさがし出すための手段の範囲内と解釈している。

第二大隊の所在がつかめないからといって、おめおめ本隊に帰投することはできない。若く少尉にすぎなかった井坂は、兵隊たちの間で、年に似合わぬ落ち着いた胆力と知力を高く評価されていたが、さすがに、心の中にあせりが生じてきた。

だが、指揮官というものは、自分の感情を決して表情に現わしてはならないという、永年の不文律みたいなものを、かれは、若いは若いなりに会得していた。

「完全に敵中にはまり込んでいるな」

信頼する両軍曹だけにきこえる低い声で井坂少尉は、しかし、落ち着いた微笑を浮かべながらいった。

「敵さんが国府だけじゃあなく、赤さんまで出てきているんじゃあ、少々、肚(はら)をきめにゃあいけませんな」

「ハラをきめるって、逃げ出すっていうことか」

この二人の軍曹は口を開くと、口論を始める。そのくせ、どちらも相手の肚のうちをよんでいて、しごく仲はいいのだ。井坂はいつでも二人をかみあわせていると、そのうちに、小隊の兵の気持ちはもちろん、下すべき判断のヒントさえ得られることがある。

「隊長は、あんがい老獪なんだな、こっちは、夢中になって論争しているのに」

と深沢軍曹が、笑いながら、それでも、悪い気持ちはせず、自分が働いて弟を大学に通わせている兄貴のような気持ちをかくして皮肉ったのであった。すると小柳軍曹の方も、

「全くだな、隊長が、そんなに人が悪いとは気がつかんだった。まるで参謀どもに兵棋演習をやらしていて、やおら、そりかえって決をとる軍司令官みてえだ」

「どうして、きみたちは、この戦線では、駈け出しの参謀なんかより、よっぽど、敵を知っているからな、正直、頼みにしているんだ」

二人の軍曹は顔を見合わして笑った。

「また、また……お若いに似合わず、末恐ろしいおひとだ」

「全くだ。ねえ、隊長、兵隊が、この隊長のためになら死んでもいいと考えるようになるのはよくよくのことですよ。おれなんざあ、長い兵隊生活でも、あんがいそんなご仁にぶつかることはなかったものだが、うちの小隊じは、みんな、あんた……」

といいかけて、小隊長どのと、わざわざいい直し、

「……のためなら、死ぬという奴ばかりでしてね」

「そのへんでかんべんしてくれよ」

井坂少尉は、その時のことばを思い出して口を開いたのだ。

「小隊長なんて奴は、上からの命令だけで動いているコマネズミみたいなものだよ、少尉に参謀はないからな。しかし、戦闘という奴は相手がいるんだからね、相手だって、知謀をつくして向かってくる。士官学校の教本どおり相手は動いてくれない。戦闘には経験が必要だからね、冗談でなく、おれは、きみたち二人が、本気になって論争しているのを、作戦前の兵棋演習のつもりで真剣にきいているんだ。気がついているかどうか知らんが……というと少しバカにしているようで悪いが、おれには二人ともいいことをいうんだよ。おれは、そいつをきいていて決を下すんだ。おれには二人とも大事な参謀なんだ、冗談でなく」

二人とも少し照れたのか、

「ハイ、了解、おほめにあずかるのはこのへんでやめていただきましてと……」

深沢軍曹の言葉半ばに、

「おれたちの任務は、杉野大隊をさがし出さないことには、完了したとはいえない」

「そうでした。たとえ、それが全滅していようといまいと、玉砕していれば、その戦死を確認しなければならないということでしたね」

「縁起でもねえことをいうんじゃない」

小柳軍曹が、論議を結ぶようにいった。

かれら井坂連絡挺身隊が、真剣に、第二大隊の所在をさがし求めているころ、新庄辺連隊の第二大隊長杉野少佐以下三百八十名は、軍命令を伝聞し、伝聞には違いなかったが『翼（つばさ）』隷下諸部隊に下された命であったから、杉野大隊長が、これを、自隊に対する軍命令、兵団長命令と拡大解釈したことも、周辺の情況が急迫している以上あえて非難できなかったことであろう。

杉野大隊長の連絡将校として、副官の中尉が、第一大隊長のもとに派遣され、第一大隊長のもとに到着した別の花村連絡挺身隊から命令受領した第一大隊長は、軍の作戦命令として、連絡将校に、杉野大隊長に連隊命令を連絡することを命じたのである。

連絡挺身隊が、各大隊に派遣された事実はあるが、軍命令の内容は、各大隊ともに同じ趣旨のものであったからだ。

杉野少佐は、この命令を、急遽帰還した副官から聴取すると、自隊に派遣されたという井坂連絡隊の到着の日をギリギリまで待ったうえ、井坂隊の未到着は、途中の事故と判断して、第二大隊の陣地を破壊し、新庄辺連隊の新陣地へ、途中、第一大隊と合流して追及したのであった。井坂挺身隊が幸運なら、途中、第二大隊と会えたかもしれないのだ。

この偶然は、第二大隊にはさいわいであり、井坂連絡挺身隊にとっては全くの不幸となったのであった。

国府軍・中共軍の接触地、戦闘の場を避退し、迂回している間に、日はたち、深入りして、八月九日を迎えていたのであった。

満州の天地も、この日午前零時を期してその様相を全く変えてしまっていたのだ。

ソ連の参戦は、中国戦線にも大きな影響を与えてきた。ポツダム宣言、正式には四ヵ国条約によって動いていた米・英・中・ソの四ヵ国である。その条約の調印者たる中国は蔣介石であった。

だが、中国共産党の主席毛沢東は、蔣介石の国府が満州国を偽満州国と呼び、満州国軍を偽満軍というように、蔣介石側を偽国とか偽軍と呼んでいた。

中共軍が、ソ連軍と外蒙軍と提携して、満州と中国本土を奪回しようと全精力を傾けたのは、アメリカが日本に、イギリスが印緬(いんめん)方面の奪回、反攻作戦に全熱情を傾けた以上の熱情を傾けたのであった。

現代の条約は一片のホゴに等しかった。今そんなことを書いてみても何のたしにもならないが、ソ連は、満州国を早くから、国家として承認している国であり、また、日ソ間の不可侵条約が真にその効力を失うのは、二十一年四月五日であったはずであった。

ソ連は、提盟国である蔣介石の国府との約束を極力無視し、毛沢東の赤い政府と、赤い軍隊を陰に陽に支持した。

当然、この中国本土でも、ソ連は、陰に陽に中共軍を支援していた。アメリカは膨大なドルや装備を、惜しげもなく国府につぎ込んでいた。

兵器はもとより、国府軍のなかにはアメリカ式服装の部隊が、あちらこちらの戦線で見られるようになってきた。

ソ連参戦後わずか六日間で、日本が全面降伏するなどとは軍部は考えてもいなかったのだろう。中国派遣軍の一部に満州転進を下命しているのであった。

元泉馨兵団長の受領した命令も、満州への転進、関東総軍の戦闘序列にはいって、対ソ戦に任ずることであった。

命をうけた『塁』もまた、転進以前に終戦を迎えた悲劇の兵団の一つであった。『塁』は長大な警備線をもって、各連隊、またその連隊から前線に出ている大隊、さらにその大隊から警備前線にあった各中隊を、短時間内に集結することができなかったのだった。点を押さえていた日本軍は、その点を線でつなぎ、面に拡大する兵力を擁していなかったのだ。国府もなしえなかった。以後、二、三年の間にそれをなしたのは中共であったのだ。

戦場に残された孤児

報告をうけた井坂隊長は、小柳軍曹に、軽機一梃を携行させ、山口一等兵、野本一等兵をつけて偵察に向かわせた。

三時間ほどして帰ってきた小柳軍曹の報告によると、村といっても戸数にして五、六戸の貧農の民家らしく、その大半は砲撃で形のないほど破壊され、猫の子一匹いる様子はないとのことであった。

現在地も不明であり、手持ちの地図と対比し、方針をきめる一つの手がかりになるかもしれない。敵も住民の影もないというのなら、いちおう、その村でしばらく足を休めるのも無駄ではないと判断した。

当時の国・共の戦闘は、一日A点を中共が奪うと、二日A点を国府が奪還する、第三日はふたたびA点の主に中共軍が座るといった、あわただしく一進一退の戦闘ぶりを示したものであった。

このため、国・共攻防戦に巻き込まれた住民は、昨日の敵は今日の味方で、国府に協力したものは中共にねらわれ、中共に味方したものは国府の戦犯として捕らえられる、という悲劇をくりかえした。心ならず協力したものも、拒むことのできない軍の強権で拉致されたとしても、それを証明することは、まず不可能であった。

土着の住民の生活は、激しい攻防のシーソーゲームの戦火のために酸鼻をきわめた。

この小さな集落も、そんな犠牲のうちの小さな一例なのだろう。井坂挺身隊は、無住とは信じながら、戦闘態勢をくずさず、村を包囲するかたちをとりながら、四方から突入し、残存半壊の小さな貧農の家をしらみつぶしに調べていった。

全く猫の子一匹いない。全壊の家は、住人もろとも崩壊したのだろう。いちばん端の家の裏手広場には、逃げ出したところを砲撃されたものか、二、三人の男女の五体バラバラの死体が散らばっていた。

残存家屋を調べていた三律伍長が一軒から飛び出してくると、

「隊長！」

と調子はずれの声をあげた。

井坂少尉は三津伍長の飛び出してきたあばら家へ足早にはいっていった。

「こんなのが、ここに残されているんです」

見ると、五歳ぐらいの姉らしい娘が年下の弟を抱いてふるえている。飢えと恐怖で、うつろな目で少尉をちょっと見上げたが、また、弟の顔の中へ、姉は自分の顔を埋めた。

「どうしましょう」

深沢軍曹と小柳軍曹が同時に口を開いた。井坂少尉も同じ質問がしたかった。若いわりに思慮と決断に富むかれにとっても、国・共の大兵団にとつぜん遭遇した以上の当惑を感ぜずにはいられなかった。

今までも、戦場でいろいろな事件にぶつかったことは多いが、遺棄された、たった二人の幼児を発見したことはなかった。

軍隊生活も長く、大半を中支・北支と、中国ですごした深沢、小柳両軍曹も、さすがにこの孤児の発見には処置に窮したという表情である。

少尉といっても、定期進級には、いや、もう中尉に進級しているかもしれない井坂隊長が、どんな処置をとるか、ちょっとした興味もあった。

村の周辺には、それぞれ死角に身を潜めた兵たちが八方に目を配っている。一糸紊れない頼もしい井坂挺身隊の兵隊たちであった。

独身の若い井坂少尉も、妹と弟が日本にいる。内地の空襲も激しいというが、どんなふうにくらしているかと、ふと、思いを日本にはせた。弟妹たちには父母も祖母もそばにくらしている。中国の戦線には、支那事変でこんなかわいそうな孤児がたくさんいるのではないかと、井坂少尉は目をふたたび二人の幼児の方に落とした。

いかにも貧しげな子供の姿だった。

早急に判断を下さなければならない。しかし、その目はどうしたらいいかと、なお思い惑っていることが軍曹以下の隊員にははっきりわかった。思い惑っているというより、混沌たる表情といった方がいい。井坂少尉が混沌とした表情をあからさまに浮かべるのは珍しいことであった。が、それは、井坂挺身隊長の人間性の現われと、隊員は感じていた。

半年ほど前、討伐戦の行軍中、迷い犬がいつまでも小隊に追従してくるのを、ふり返りふり返り、気にしていた若い少尉の姿を、かれらは忘れていなかった。

あの日も、帰隊してから、

「深沢、あの犬、どうなったかな。帰路だったら連れて帰ってやれたになあ」

激戦数日後のことで、忘れてしまっていた深沢は、ああ、あの犬ねえ、と思わず兵隊同士のように呟いたが、深沢にはなぜか、感傷と笑うことができなかった。

『隊長は進級しねえ方がいいな。進級すりゃあ、別れることになる公算が大きいだろう』

小隊の兵隊の中には、こんなことをいうものもいた。

原という一等兵が、

「隊長！　みんな出て下さい」

といった。いったなどという語調ではなく、むしろ突然の絶叫に、井坂隊長以下、驚いて原一等兵の方をいっせいにふり返ったのである。

顔は蒼ざめ、目はひきつっていた。

「おい、どうする気なんだ」

深沢軍曹が問いかけると、重ねて、

「出て下さい」

まるで命令でもするような調子だった。むしろ、ヒステリカルと思われるような声であった。銃を左手に持ちかえているのを見ると、そばに立っていた小柳軍曹が、事態を察して、

「おい、ちょっと」

と声をかけておいて、戸外にひきずるようにして出すと、隊長、みんなも出てくれと叫んだ。

「この子供を連れて歩けますか、隊長。連れてってやれなければ、殺してやるのが、慈悲というものではないですか。こんなところへほっといて、当分、ここへは国・共双方の部隊も帰ってはこないでしょう。こんな貧乏村、これで立ち消えっちまうにきまってます。あんな幼児は、今に餓死するか、ノラ犬か狼の餌になるか、二、三日もすればおかしくなるのがオチですよ」

原一等兵は一気にまくしたてた。

「だれがすててくと言っている？」

口を切ったのは井坂少尉だった。（おお）といった奇妙な叫びにならない叫びが小柳軍曹ののどにあがった。

「何とかなるところまで、お前が言い出しっぺだぞ、おんぶしたり、おシッコの世話をして連れてってやるか、おれたちと同じ速度で歩けったってむりだぜ」

「隊長どの、小柳軍曹どの、自分がおんぶしてやります」

「バッカ野郎、泣く奴があるか、貴様ァ子供でもあるようにいい調子だな」

そんな憎まれ口をききながら、小柳軍曹が顔をねじまげたとき、頰に一すじの光っているものをだれも見のがさなかった。

「おい、そうときまったら、貴様がおやじだ。腹がへってるだろう。食い物を集めて食わしてやれよ」

深沢軍曹が命じておいて、

「隊長、あの年ならミルクはいりません。何とでもなります」

深沢も子供のことを考えているようであった。

しばらく休止することにしたが、こんな場所に長居は無用であった。井坂隊長は、

「せめて死体だけでも片づけてやろうじゃないか」

口にした時、すでに、兵隊たちは、言われる前に、土のやわらかそうな庭の片すみに、エンピでせっせと穴を掘っていた。

兵隊の大半は中国語が話せた。井坂小隊の中には、二等通訳ぐらいのはザラにいた。

子供に、携行食糧を与え、安全なところへ連れていってやると言いきかせた。いくら言い出しっぺでも、原一等兵一人に背負わすわけにはゆかないので、一人は水野一等兵が背負い、二人の銃は、ほかが交替で持つことにする。

(うちの隊長は、若いが、きっと大物になるぜ、人間ができているな)

原一等兵は歩きながら、弟の方を背負っている水野一等兵にささやいた。

ところが、深沢軍曹は、小柳軍曹にこんなことをささやいているのである。

「あいつ、あんな名優だとは知らなかったな」

すると小柳軍曹、

「何のことだ」

「トボけなさんな、お前さんだって立派なものだったぜ。隊長の気持ちをチャッカリつかんでいてな、全く見事な阿吽(あうん)の呼吸って奴だった」

隊長も決して放棄してはいかない。しかし作戦行動中の隊長として、部下の思惑を考えている、思考の接点を狙い射ちして、原一等兵が捨て身の名演技をみせると、こいつをまた、間髪をいれず、うまくとらえて、サッと小銃をかまえる前に原を引っぱり出したところなど、二人とも名優中の名優だと批評するのだった。

「チェッ！　うがったことを言うなよ、お前のこけんにかかわるぜ、原はほんとに射ったかもしれねえ」

「残念でした。ウチの隊にはな、子供や老人の殺せるような奴は一匹もおりくさらん。おれだってダメだがね」

敵の城塞を奪う

子持ちの部隊だ。斥候もつとめて慎重に実施しなければならない。

子供の世話は、主として原と水野各一等兵があたることになっていたが、できるだけ、戦乱の恐怖から幼い子を遠ざけるために、未達成の本務と二重に神経をつかっていた。

井坂隊長以下の幹部は、挺身隊の将兵は神経をすり減らしていた。

出発時、隊長以下三十五名は、戦死三を出して、今は三十二名になっていた。

あまり、こういうことを口にしたことのない井坂少尉が、

『深沢軍曹らはどうかしたんじゃあないかな』

不安げにつぶやいた。

小柳軍曹以下もそうであった。隊長が言葉にしなければ、自分が言い出して、捜索に出たいと思っていた。

かれらの知らない九九高地と名づけられた北南の林の中で、昨夜露営し、深沢軍曹が玉木・石井の両一等兵をつれて斥候に出たのは八時前であった。

井坂隊長と小柳軍曹が腕時計を見たのは同時だった。

そして顔を見合わすと、

「少しおそすぎますな」

隊長の先を越して小柳軍曹が、心配そうに言い、立ち上がる。軽機のところへ行って、とりあげるのだった。

「隊長、ちょっと見てきます」

隊長の返事も待たず、

「佐々、いっしょに行ってくれ」

佐々上等兵は、ハイと返事をすると、自分の銃をとって、二人は出ていった。

静かだった。

どこに日本と中国の、そして、国府軍と中国赤軍との血みどろの戦いが連日つづけられているのだと、考えようとしても考えられないくらいの静かな日だった。

一時間半ほどして小柳軍曹が戻ってきたが、深沢軍曹らといっしょではなかった。

「事故があったらしいですな」

小柳軍曹は、がっかりして、軽機をだいてそこに座り込んだ。

それからさらに一時間ほどして十五時三十分ころ、深沢軍曹らが帰ってきた。残っていたものの気持ちも意に介しないような調子ではりきって、報告もせずいきなり口をきったのだ。

「隊長、こんな流浪の旅はやめて、しばらく落ち着こうじゃないですか」

腹をたてた小柳軍曹が、隊長の気持ちを代弁して、

「いいかげん心配かけて、何をいってやがるんだ」

「まあ、まあ、怒ンなさんな。隊長、これでも、ジッと辛抱して、何時間も様子をみていたんです、玉木」

「は、隊長どの、ありゃあ、すばらしいお屋敷ですわ」

南方三キロほどの地点に凄い要塞があるという。そいつを奪取しようというのだった。さすがの井坂挺身隊長も、唖然として、深沢軍曹の顔を瞶めて、返事をしなかった。

拠点があることは、任務の達成には都合がいいに違いなかったが、といって、敵の守備している掩壕陣地、それもきいてみると、要塞に近い堅固なものを、どうして奪取できるのかといいたかった。

しかし、ついに同意したのは、少尉の若さであったろう。すくなくとも佐官クラスの将校なら、こんなバカバカしい計画に賛成するはずはなかったろう。

深沢軍曹はノートを出すと、その上に、見取図を書いてみせた。

陣地の外観は、周囲が林にかこまれて、三方の山頂は、堅固なトーチカ群の掩壕陣地の相貌を示している。

兵力は別として、火力は半永久陣地にふさわしい充実ぶりをもっているものと想定される。

陣地に登る道はただ一ヵ所であり、そこはやや広い盆地になっていて、陣地にはコンクリートと石の細い階段がつくられている。

攻撃するのは、その一方の口以外にはないというのである。

「たくさんの兵が一度に登れない階段では、ねらい射ちしてくれっていうようなものじゃあないか」

と小柳軍曹が質問する。

「見つかったら、一コロだよ」

「発見されずに登る方法はないんじゃないか。敵だって歩哨が見張りについているだろう」

「そこが、おれの情況判断なんだが、陣地の守備兵はあまり多くはないと思う。それに、ここ数日、戦闘がずっと北西方に移っているんで、その油断をみすまして、夜あけごろをねらって忍び込もうというのだ」

深沢軍曹は、目を井坂隊長に向け、

「いけませんか、やらして下さい」

これこそまぎれもない決死隊であった。

深沢軍曹の指揮の下には、朝井伍長、上等兵の佐々、薄井、一等兵六名、玉木、野本、西野、古田、岩本、今村。十名が、要塞奪取の決死隊として選抜された。

日没を待って、挺身隊は隠密裡に要塞の東手の林野に潜み、深更まで待機する。深沢決死隊十名は、発煙筒、軽機二梃をもち、全員、地下タビにはきかえて、要塞内に潜入する。

要塞内部に潜入し終わったなら、戦闘指揮はすべて深沢軍曹の指示に従う。

「内へはいってみなければわかりませんが、はいったら、孫子の兵法、六韜三略、楠流でやっつけます」

井坂隊長は、

「あまり軽はずみなことをやらんでくれよ。今後のためにほしいにはほしいが犠牲は出したくないからな」

「はい、大丈夫です」

隊長にとって、もう一つの心配もあった。原・水野両一等兵をそばに呼ぶと、

「軽機を渡しておくからな、子供たちと、掩体になるものをさがして待っているんだ。これは挺身隊長としての命令だぞ、二人とも、迎えがくるまで、絶対に位置を離れてはならん、いいな」

午前二時。

子供と、原・水野を林の中にのこして、まず、深沢軍曹ら十名は、出発してゆく。しばらくおくれて、井坂隊長以下二十名は、林の出口に近く、兵器をかまえて待機することになった。

地上も、高地の陣地も静まりかえっていた、十名はとっくに登りきったのであろう。

長かった。腕時計を見ると、まだ三十分ほどしかたっていなかった。

と、突然、豆をいるような機銃の音が陣地内で起こった。日本軍の軽機の音と、違う機銃

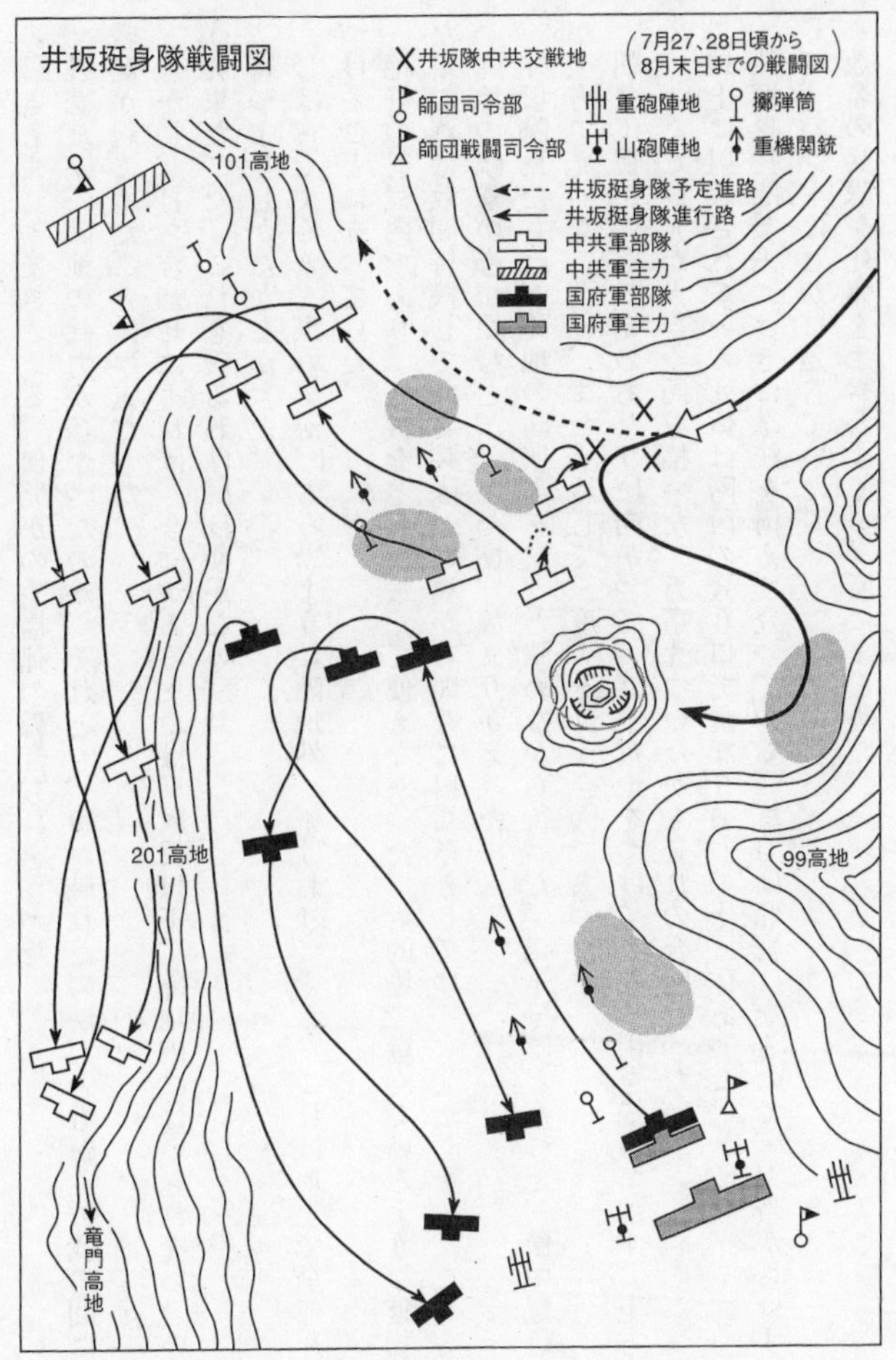
井坂挺身隊戦闘図
X井坂隊中共交戦地
（7月27、28日頃から
8月末日までの戦闘図）
師団司令部
重砲陣地
擲弾筒
師団戦闘司令部
山砲陣地
重機関銃
井坂挺身隊予定進路
井坂挺身隊進行路
中共軍部隊
中共軍主力
国府軍部隊
国府軍主力
101高地
201高地
99高地
竜門高地

の響きもまじってきこえる。何発かの手榴弾の轟音も耳をうった。

残念だが、陣地の兵力が多かったのか、それとも、事が破れたのか、ともかく彼我の間に戦闘が起こったことは事実だった。

しかし、打ち合わせによれば、合図があるまでは、隊長以下、陣地内にはいられないという約束だった。これを破るわけにはゆかない。

待つよりしかたがなかった。

しばらくすると、黒い影が、ころぶように陣地外へ駈けおりてくる。これは地上で全部片づけることになっていた。

絶好の射程内であり、軽機などおかしくて使えなかった。射的場で遊んでいるような獲物だ。これは散開待機している兵隊が右翼から順々に射ち落としてゆく。

陣地の銃撃の音が熄むと、ふたたび、静まりかえった。

井坂隊長たちは、陣地の防壁上をジッと瞶めながら待った。二十分ほどたつと、懐中電燈が上方で光った。消え、また点燈して三度。それが合図であった。

朝井伍長が、その光のあたりに向かって、懐中電燈をつけて大きく円を描いて消す。上方で、ふたたび光が大きく円を描いた。万事片づいたから登れの合図だった。

地上に射殺されている死体は階段の登り口で重なりあって十三体あった。

井坂隊長は、まっさきに拳銃を構えて登ってゆく。軍刀は邪魔になるので、刀帯からはずして、バンドにじかに差していた。

数名の兵隊が死体を手ぎわよく一ヵ所にまとめた。

登りきると、陣地はあんがい広い。驚くほど整備され堅固な円形防塞になっている。防壁も厚く、内部はコンクリートでかためた兵舎である。

陣地広場のすみには二十四名の捕虜が、武装解除され縛られて一ヵ所に押しつめられており、その前方には軽機一梃が、彼らの中心に銃口を向けていた。

それよりも、井坂挺身隊長の目をくぎづけにしたものは、友軍六名の死体だった。敵の死体も三十二体を数えた。

深沢軍曹が近づくと、

「隊長すみません」

泣いている。戦果も大きかったが、犠牲六は損害も大きく、哀しみはより以上深かったのである。

隊長は、藤野伍長を呼ぶと、山口一等兵と二人で、原一等兵らのところへやり、死体その他の片づけが終わるまで、現在地で心配せず待てと連絡させた。

あまりに堅固な防塞のために、守備兵に油断があったのだろう。もしも、陣地への入り口の歩哨が充分の注意を怠らなかったなら、とうてい、潜入はできなかったろう。

コンクリートでかためた地下壕、倉庫、食糧庫、無電室、火薬庫まである陣地へ十名で潜入し、無傷でこれを奪取しようなどということは最初からむりな相談だと、井坂隊長は心の中で理解していた。

友軍はこれで井坂少尉以下二十六名に減った。

もう明るくなりかけている。

死体の埋葬が大変だった。すべて地上へおろさなければならない。小柳軍曹が検分に降りて陣地両側に格好な場所を見つけた。友軍の死体は友軍の手で別に穴を掘らせて丁重に埋め、井坂隊長は合掌して冥福を祈った。

三名の警備兵を城塞への登り口に警戒に立て、捕虜のナワをといて、地上におろし、上方からも機銃をもって警戒しながら、友軍の埋葬地点のそばに大きな穴を掘らせた。

掘り終わると、陣地から三十二の戦死体を運ばせ、地上の十三体とともに埋めさせた。作業が終わると、井坂隊長は埋葬地点の前に立って丁重に合掌した。

二十四名の捕虜の処置が評議された。かれらは処刑されるものと覚悟しているようであったが、穴を埋めさせられたことに不審を抱いている様子がみえた。

捕虜は、丸腰のまま、食料をもたせ、釈放してやることにきめたのだ。

彼らは、有力な日本軍が、この地に移動してくるという三律伍長の言葉を信じているようであった。

かれらが、どちらの陣営につき、この陣地の報告をしようと、井坂挺身隊の将来には、たいした変化があろうとは思われなかったのだ。

また、この堅固な防塞を失い、多大の損害をうけたことを本隊に帰還して報告し、厳重な処罰をうけるよりも、彼らは、軍服を便衣にかえて帰農してしまうのではないだろうか。生きにくい道を巧みに生き抜くことは、日本人などよりも、よほどうまい彼らである。放されてもっと自由な生きる道をさがすのではないかと、井坂少尉は考えていた。

陣地内の清掃が終わってから、ふたたび、原・水野のところへ迎えの兵が出向いた。

ここに指揮官あり

井坂少尉は、小隊の幹部だけを集めた。

「隊長、こりゃあ、むずかしい問題になりましたな。無電を傍受して推察するに、どうも敵のデマとは思えない。兵隊たちは動揺しています」

深沢軍曹が、例によって、こんなふうな表現で、決死隊の空気を報告するのだった。戦闘か降伏か、これが、急速に決めなければならない井坂少尉の立場であったのだ。

小柳軍曹は珍しく、腕を組んだまま、むっつり黙り込んで、深沢軍曹が投げた餌にくいついてゆかなかった。

朝井伍長が、

「もし、降伏してですな」

「バッカ野郎！」

あとを聞こうともせず、小柳軍曹が朝井伍長の言葉を吹き飛ばしてしまった。

「日本軍に降伏なんてことがあるか、もしもも蜂の頭もあるか、バカ野郎」

これでは、隊内の空気の説明にはならない。小柳の奴まであせっているなと深沢は思った。

「朝井に言わしてみろ。朝井、遠慮せず、隊長の前で言ってみるんだな。井坂一家にゃあ遠慮は禁物だ。今までだって、そういうふうにやってきたじゃあないか」

目で知らすわけにはゆかなかったので、深沢は、手で小柳の腰のあたりをつついた。

「自分の言いたかったことは、奴らは、われわれの生命を保証するか、どうかということがききたかったのです」

軍曹二人も、隊長も、朝井の言葉に答える前に、藤野伍長が、

「するってえと、貴様は、殺されたり、ひどい目にあわなけりゃあ、降伏してもいいと言いたいのか」

深沢軍曹が、ふたたび、口をはさまなければならなかった。

「藤野！　終わりまで言わせてみろよ。兵隊の気持ちを代弁しているんだからな、口を封じたって、気持ちは封じられんぜ」

この言葉は、井坂少尉の口ぐせをそのまま失敬したものである。

井坂少尉も、つねづね、そう考えていたし、また、今日、バラバラの気持ちをいだいたままではどうにもならないと知っていたからであった。

敵側の配陣は、正確にはわからなかったが、中共軍も、国府軍も、相当な大兵団を後方に擁して、互いに打通を企図していることは疑いもなかった。

挺身隊長井坂少尉も、自分の腕であり、足である、つまり五体の諸器官である兵隊の真意をつかまなければ、どこか末端に小さな故障があっても、からだ全体がいうことをきかなくなる場合だってないことはない。自分の覚悟はきまっているが、今後の兵の掌握にさしつかえると考えていた。

「朝井、つづけろよ」

と井坂少尉があとをうながしたが、朝井は自分の言いたいことを口の中にのみ込んでしま

った。

その代わりに藤野伍長が、

「殺るとも。口でどんな甘いことを言ったたって、中共軍も、国府軍も、日本の敵だってことでは共通しているし、長い戦争で憎しみにこりかたまっている奴らが殺らんはずはないです、どうして朝井がこんな質問をするのかわかりません。敵のデマにのるなって教育してきた自分らが、伍長のくせに朝井の奴、おかしいですよ。共産軍も国府軍も、ひどく手がなくて困ってるでしょう、塹壕掘りや地雷さがしにこき使ったうえ、邪魔になれば、一発ドンにきまってまさあ」

兵隊の中には、軍が行なってきている反共反蔣宣伝を、そのままに信じているもの、今日の情勢を半信半疑の迷いのなかで、降伏した場合、ただの捕虜というのではすまないだろうという疑いを濃くもっているものも見うけられるのである。

「ねえ、隊長、たとえばですが、ドイツのような降伏が日本にあるでしょうか」

「ということは？」

三津伍長の質問の内容は、わかっていたが、少尉はわざと訊きかえしたのだ。抗戦が降伏か、どちらにしても、兵との間で充分のディスカッションをしてみる必要があると少尉は信じたからであった。

戦うにしても、かれらが心から、その決意をかためて戦わなければ、行動にも、死にも意味がないと思ったのだ。たとえ、吹けば飛ぶような少尉にしても、井坂が隊長なのだ。この難局に対して、立派に対処しなければならないと思ったのだ。

出発時三十五名が、今は二十六名に減じている。二個分隊ほどの兵力ではあるが、隊は隊なのだ。隊として降伏するという前例を、井坂少尉は見聞していなかった。

すくなくとも一隊の隊長としてどう対応するかは、連隊長でも、兵団長でも、軍司令官でも変わりはないだろうと思うのだった。三津伍長はいいことをきいてくれたと思った。

ドイツの降伏もイタリアも、全面・無条件降伏である。総統に代わるものが、ドイツ国家として、降伏を命ずるのであって、陸・海・空三軍の最高司令官はこの命令に従えばいいのだ。

通信が絶えてしまった今日、おれが、それをきめなければならないことは大変な重責には違いないが、指揮官としてはやむをえないことであろう。援軍が来ることは絶対にないのだから、敵が中共軍でも、国府軍でも、こちらの兵力、兵器、食糧から推して、全滅は時間の問題であった。

全滅か降伏か、やはり、最高指揮官でない自分は全滅しても戦わなければならないだろう。だが、自分は軍人を本務とする人間であるが、兵隊たちの多くは召集されて軍務についているものであった。全く無益な抵抗でこれらの兵隊を殺すことが正しいのだろうか？　藤野伍長のいうように、捕虜を虐待したり殺害することが実際にあるとは、将校である井坂少尉は信じなかった。

相当に使役することはあっても、虐殺するようなことはない。それを信じながら、部下の兵隊を無用な抵抗にかりたてて殺すことが正しいのだろうかと、井坂少尉は自問自答していた。

ドイツの場合は総統ヒトラーであったが、総統が自殺して、総統に代わってナチ・ドイツを代理するものが降伏を受諾して、陸・海・空の最高指揮官に、それぞれ所在の敵司令官に受降することを下命した。

日本の場合は、陸海軍大元帥である天皇陛下が交戦国に向かって受降せられ、陸海軍大臣から、それぞれの現地軍司令官へ命令下達されるという順序となるのだろう。

「おれは、日本軍に降伏はないと教えられてきたし、教えてもきた。しかし、全戦域で惨敗して、なお一人になるまで戦うことを、陛下がおゆるしになるかどうか。おれは、疑ってきておる。降伏しない軍隊が、そこここに残存して抗戦を継続していても、日本本土の国民と、海外の地方人が、どんな苦境に陥り、ついには日本民族の滅亡というような事態になりかねない、その場合でも、陛下は戦いを継続されるであろうかどうか？」

敵の陣地を、幸運にも手にいれて、敵、中共軍と国府軍のちょうど中間の空隙に布陣してしまい、両敵側から、硬軟両用の誘いの手をさしのべられている時ではあったが、井坂決死隊の立場は、決して想像されるような楽観できるものではなかった。

井坂挺身隊長を中心として、深沢軍曹、小柳軍曹、藤野、朝井、三津三伍長の重要会議であったが、井坂少尉の議論が、天皇の終戦処理に及ぶと、さすがに下士官たちも息をつめた。敵重囲下の陣地の塹壕内には、無気味なほどの沈黙がつづいた。

「みんなはどんなふうに考えているかしらんが、日本の降伏というのは、たんなるデマとは信じられなくなったのだ」

敵、中共軍、国府軍とが、互いに、自軍と連絡をとっている傍受無電から推察して、事実のような気がするのだった。

中共軍も、国府軍も、所在日本軍の武装解除を、つまり、受降官を、自分の側にその主導権を握ろうと焦っている情況が、井坂少尉には感じられていた。

それればかりではない。中共軍と国府軍の作戦行動に大きな転回変化が想像されるのだった。それは、ソ連参戦、日本降伏という大きな事実の裏づけになる諸現象と思うほかなかったのである。

「すると、隊長は降伏するんですか」

小柳軍曹がたまりかねたような声をあげた。

「降伏する相手というものが軍にはあるんだ」

「というと、国府軍なら降伏してもいいが、中共軍では降伏することはできないということですか」

「まあ、一言で言ってしまえばそういうことになるが、そうばかりは言えないんだ」

降伏することは井坂少尉にはできなかった。井坂少尉に命令を下した指揮官との間に連絡がとれぬ以上、降伏が真実であったとしても、敵側の命令放送だけに従うわけにはゆかなかった。

井坂連絡挺身隊は新庄辺連隊第二大隊を連隊本部へ帰還させ、兵団主力を追及して、ともに後退するという任務を帯びているのである。第二大隊主力の運命がどうなっているかわからない以上、任務は継続している。井坂連絡挺身隊長は、第二大隊に直接、軍命令を下達するという目的のためには、第二大隊の所在をさがさなければならなかった。予測できない事態の発生について、大幅な自由宰領を連隊長から許されたとはいえ、まさか敗戦、降伏という事態など、連隊長も予測したわけではなかろう。

予測しない事態とは、第二大隊長に会う目的の障害となるすべての事故をさすものであると井坂少尉は判断した。今が、それだと思う。そのためには、当面、自分の前に立ちはだかる中共軍でも国府軍でも、敵として撃砕しなければならないと考えるのだった。

井坂挺身隊長のできる降伏の方式は、ただ一つしかなかった。直属上官たる連隊長、あるいは上級司令部から、直接、降伏の事実と、受降官の指名があるということだけである。つまるところ、井坂少尉には、日本敗戦と降伏の事実らしいことを知りながら、降伏できない自分の立場であるということだった。

孤児よ幸せに

二人の幼い姉と弟は、掩壕陣地の中で、敵である日本軍の将兵に養われ、日・中の不思議な生活が始まった。まだ、複雑な思考力もなく、まして人種的偏見もない子供たちは、食事時間には、キチンと兵隊同様の食事を与えられ、無邪気で明るい。

かれらには、今の生活の方が、幸福のようにさえ感じられるのだ。二人が明るく楽しくしていればいるほど、井坂少尉たちは、不憫さに心が痛むのだった。すべての兵隊にすっかりなじんでしまった。今は、挺身隊のマスコットであった。

この陣地の北と南、あるいは東の方にも、西もそうであったかもしれない、子供たちの同胞の国府軍と中共軍が、百年の仇敵のような血戦を始め、その抗争は刻一刻と深刻になってゆくようであった。

井坂挺身隊長と、二軍曹、養育係の原・水野両一等兵、やはり、悩みがあった。現在の情況では、このまま、ここにおくことは危険であった。

しばらくはここを動くことはできない。今は、ここが真空地帯になっているが、国府軍か、中共軍か、いずれかが、この地域の主人となるだろう。

国府軍と中共軍ともに、後方で増援部隊を投入、次第にふくれ上がり、一大決戦も時日の問題であるよう情況判断が下せるからである。

「中共軍にしろ、国府軍にしろ、相手が幼児なんだから引き渡すといえば、まさか、自分の国の幼児を引き受けないことはないでしょう」

という二軍曹の意見だった。

この件については、何回となく、井坂挺身隊の幹部は評議を重ねていた。せっかく救出した以上、なんとかして子供は無事に中国人の手に返してやりたい。

「思いきってやってみてはどうでしょう」

と言ったのが三津伍長である。

「どういうふうに」

「自分が軍使として一番近い敵陣まで行ってみます」

二等通訳の免状なら問題なしという三津は心の中に決心をかためて申し出た。

この南東部、七、八キロの地点に布陣して後方の増援を待機している国府部隊のあることは、偵察で調査ずみであった。

だが、井坂隊長はなかなかうんといわなかった。どちら側の敵にせよ、こんな申し出を引き受けてくれるかどうか自信がなかったのだ。

「しかし、やってみないことにはわからんのですが」

二軍曹と他の伍長も賛成だった。

「しかし、この任務は戦闘なんかより、真の勇気がいる仕事だぞ」

子供も安全なところへ届けてはやりたいが、といって大切な三津伍長の身辺に万一の事故が起こることでもあれば、それ以上の苦痛がともなうことである。

「やらせてやって下さい」

深沢軍曹が口を添えた。

「どっちの軍隊にしろ、白旗をかかげた兵隊に危害を加えたり、無茶はしないでしょう」

はたしてそんな保証があるだろうか。捕らえて利用しようとするかもしれない。国・共両陣営の、しかも堅固な掩壕陣地を占拠している日本兵を、何かの手段に使おうとしないとは限らないのだ。それがどんな手段かわからないが、考えれば手段や策はいくらでも浮かんでくるような気がする。

その時、自分は三津伍長を見殺しにできる指揮官としての非情さはないように思える。

だが、井坂少尉も肚(はら)をきめた。

早朝、三津伍長は原一等兵だけをつれて、木の枝を折ってくると、どこからでも目につく大きな白い布を、それにしばりつけたのだ。

二人は冷静な足どりで陣地を出ていった。

（どうせ、おれたちも生きてはいられないのだ）

そう思うと、子供たちのために少尉は愛用の万年筆を姉の方に与えた。

それを見ていた深沢は、

「鉛筆でも時計でも、いらないものは集めろ」

兵隊は鉛筆を七、八本供出した。作戦に必要な時計は幹部がもっているからと、玉木一等兵と石井一等兵が腕時計をはずした。

ハンカチに包んでおいて、二人は軍使の帰還を待ったのだ。五時間が過ぎたが帰ってこない。

隊長はじめ、みなの顔に不安がかげりだしていた。

（人間の良識と誠実を信じたい）

少尉は祈った。

七時間目が近づいたころ、歩哨の一人が大きな声をあげた。

「三津伍長どのが戻ってきました」

少尉も、陣地の堅固な防壁から身を乗り出して下方をのぞいた。あいかわらず白旗を三津は立てて帰ってきた。

「三津伍長、原一等兵、只今、任務を果たして戻りました」

きたない木綿の包みに何かいっぱい包んだものをそこへおいた。

第二三五〇師長范(はん)少将が直接二人を引見した。

子供は明朝十時、一個排（小隊）の兵を護衛として連長（中隊長）が引き取りにゆく。白旗をかかげて陣地近くまで行くから、新庄辺連隊でも、責任ある将校を出してもらいたい、ということであった。

三津伍長は一小隊たらずの日本軍と告げなかったらしい。新庄辺連隊の兵と名のったのだ。

二人は、久しぶりに肉のはいった食事をごちそうされ、

『中国の幼児二人を、長らく世話していただきながら、戦陣のことゆえ、お礼らしいこともできないが、せめて隊長に……』

丸焼きのニワトリ二羽に、鶏卵二十個、老酒一瓶、煙草二十個を、みやげとして持たせたというのである。

「ちょっとした謙信ですね」

と一人の兵が感動する。

「向こうさまがかい？　ウチの隊長だって……これは二人の謙信だね」

小柳軍曹が訂正するのを、深沢軍曹は、

「われに生命あらば、語り伝えたい戦場秘史だな」

「小柳軍曹って、あんがい泣き上戸（じょうご）なんですね」

ひやかす兵隊の顔の方がゆがんでいた。

その夜、三津が二人の姉弟に、明日は幸せな、戦いのない土地へ、中国の将校さんが送ってくれるのだと言いきかせたが、二人ともここにいつまでもいたいといって泣き出す始末で、説得するのにほねをおった。

（おじちゃんたちは、いつか、きみたちの村のおじちゃんたちが、むごたらしく死んでいたようにいくさで死ぬ者なのだから）と、上が五歳の幼児だ、納得させるにはほねがおれた。

みやげの煙草は、全員に公平にわたるように分け、ニワトリ・卵は炊事当番が腕によりをかけて、二人の子供にも食べさせた。

「心配はいらないんだよ、このごちそうだって、あした迎えにきてくれる、きみたちの国の将校さんがくれたんだ。やさしい人たちだから、ちっとも心配はいらないんだよ」

深沢軍曹が、かんでふくめるように言いきかせるのだった。

「さすがですね、挺身隊の兵力やわれわれの任務については何一つ質問しませんでした。きかれたって言いませんがね」

「きみも、さすがじゃないか、連隊の名だけ出しているところは、一個連隊か、何個大隊か、ちょっとわからんからな、まさか二個分隊とはね」

三津伍長の報告に、軍曹たちは、そんな批評を加えている。

三人であろうと、一個連隊であろうと、われらの立場には少しの変わりもないのだと、井坂少尉は心の中で思っていた。

「しかし、明朝の会見では、きっと投降をすすめるんじゃないですかね」

とも伝えた。

翌朝十時、歩哨が前方に白旗をかかげた五、六十名の一隊の姿が望見できると報告にきた。

戦陣で第一装用の用意はなかったが、井坂少尉は軍服のチリを払い、すでに白手袋をして待っていた。

深沢・小柳両軍曹、三津伍長、水野・原両一等兵も服装を正して陣地外に出ていった。二人の一等兵は、あぶない陣地塹壕の石の階段を、二人を背負っておりてゆく。もらった万年筆や時計を、姉も弟も大事そうにしっかりと手から離さない。

少尉は中国の連長に向かって挙手の礼をとった。階級章をみると上尉（大尉）であった。相手も挙手の礼を返した。

「新庄辺連隊の井坂少尉です」

「范少将の部隊の、李訓亭連長です」

互いに、名のり終わった。

二人の幼児は、たくさんの兵隊にかこまれて恐怖にふるえている。原と水野にすがりついているのを見て、李上尉も苦笑しながらそばへよると、

「ちっとも心配はいらない。たくさん、兵隊さんを連れてきたのは、途中、こわいおじさんが二人をいじめるといけないから、守ってあげるためなんだよ。町へ送ってあげるために迎えにきたんだよ」

二人を納得させるのにはずいぶん手間どった。

「これが、范少将閣下から、貴隊指揮官への書簡です」

といって、中国特有の立派な紙を用いた、達筆な墨で書かれた書簡を手交した。

井坂少尉は敬虔（けいけん）な態度でこれを受け取ると内ポケットに収め、

「連長どの、昨日は、将軍からの丁重な贈り物、感激して頂戴いたしました」

礼を述べ、左のポケットにいれている短刀の袋を取り出した。

「陣中で、何の持ち合わせもございません。これは自分の先祖から伝わった長谷部国重という刀工のうった短刀でありますが、これを范閣下にお手渡しいただければありがたい幸せであります」

連長も、貴重品を扱う時の態度で受け取ると、さて、どこへいれようかと迷っていたが、やはり上衣のポケットに収めて、右手を出した。握手を求めているのである。井坂少尉は右手の手袋をとって、李上尉の手を握った。

李上尉の隊が去るのを見送ると、五人は高所にある陣地まで、また、汗をかいて登った。

「ああ、シンが疲れた」

井坂少尉は、重荷をおろしたのか初めて弱音を吐いた。

「快き疲労っていう奴でしょう。隊長ご自慢、秘蔵の長谷部国重を惜しげもなくね……」

「士は己を知るもののために死すか……。どうなるかわからない身の上じゃあないか、日本の刀の美しさが、いつまでも中国の地の上に残ると思うとね、あの二人が安住の地を得たと同様、なんとなくホッとしたよ」

原一等兵も子供の上に心が残っているのだろう。

「かわいいものですね、同じ中国人の手に引き取られるのをこわがったんですものね」

書簡は達筆で書かれていた。

一九四五年八月十五日、日本は戦争終結を宣言したこと、派遣軍は、帰国のため、きわめて特別の部隊をのぞきその大部分が、乗船地区へ向かって移動しつつあること、ここはやがて、中共軍を駆逐するために、近い期間に国府の大作戦が敢行されるゆえ、できるなら、貴隊も速やかに武装解除をうけて、復員されるべきであるという意味が記述されていた。戦争の終結をという表現が范少将の書簡には敗戦とか降伏とかいう文字は見えなかった。戦争の終結をという表現が用いられてあった。

范少将にも、明日の運命、勝敗の帰趨はわからなかった。一進一退の国・共攻防戦が、まもなくこの地域において中共軍が勝者の位置を占めるという一事を予測することはできなかったのであろう。

井坂少尉、井坂挺身隊にとって、たとえ終戦が事実としても、杉野第二大隊の運命を知ることなく復員することなど、できることではなかった。

小石のはいった密書

「隊長、歩哨が妙なものを拾って持ってきました。敵側からの密書です」

密書、と、井坂少尉は、小柳軍曹の差し出した不思議なものを受け取った。小石を中に包んだ書簡であった。いかにも原始的な、中国的な、ほほえましくなるようなやり口である。投入したものは国府軍の密偵であった。もちろん正式の軍使とみていい。その後、中共軍と戦線が接触、錯綜してきたため、この手段をとらなければならなくなったのに違いないのだ。

兵の一人が、奇妙な口笛のようなものをきいた。いかにもそれは合図らしく思われ、誰何すると同時に、防塞の登り口へその奇妙な物体が投げられたのだという。兵は警戒しながらおりて拾ってきたのだ。

開いてみると文章は日本語であるが、あきらかに中国人の特徴ある書体であった。

『日本軍ノ諸官ヨ！　日本ガコノ八月十五日ポツダム宣言ヲ受諾シテ、天皇陛下ノ命ニヨッテ、連合軍ニ降伏シタ事実ハ諸官モ疑イナキ所ト信ズル。所在日本軍ハソレゾレ、国府軍ニ受降スルヨウ貴官ノ上官タル中国派遣軍総司令官岡村寧次将軍ヨリ、隷下ノ軍司令官、部隊長ニ指示下達ノアッタコトモ貴官ハ了承サレテイルコトト思考スル。目下、コノ地域ノ作戦ヲ担当スルワガ中国ノ王豁然将軍ヲ貴隊受降官ニ任命シタ。

速ヤカニ、王豁然将軍ノ武装解除ヲ受リ、後命ヲ待ツコトヲ下達スル。ナオ、当地帯ニ偽軍タル共産軍ガ日本軍ナラビニワガ中国軍ニ抵抗中ナルモ、貴隊ハ共産軍ノ甘言ニ応ズルコトナク、ワガ王将軍ノ指命ニ従ウコトヲ用ネテ厳命スル。ワガ軍ハ日本軍ノ勇士ヲ捕虜トシテ取リ扱ウガ如キコトナキヲ誓約スル』

という意味の文面であった。

そして追伸として、例の姉弟のことが記されてあった。この王将軍の部隊ではないが、あの姉弟のことはこの周辺の部隊ことごとくにすべて知れ渡っているもののようであった。二人の幼い姉弟は、世話をうけた日本軍の将兵のことを今でも、口を開くとなつかしがりうわさしているということ、後方の戦闘地域以外の安全な土地へ送還し、国府軍が責任をもって子供の将来の幸福を考えることは、すくなくとも、当面の敵であった日本軍の作戦中の部隊からゆだねられた以上、当然の義務であること、重ねて、この件について改めて貴隊の武士道、厚情には感佩に堪えない旨が述べられていた。

さらに、終戦の当日、蔣介石総統が、隷下諸部隊に下達した、(暴ニ報ユルニ恩ヲ以テセヨ)のあの全文が写されてあった。

深沢軍曹は、井坂少尉の命をうけて、隊員のすべてを少尉の前に整列させた。

少尉は、書簡を示して読みあげたうえ、

「諸君の行為は、中国軍の賞賛をうけた。おれは感状をもらった以上にうれしい。改めて礼をいう」

井坂少尉は、書簡のシワをのばして、丁寧に折って内ポケットに収めると、

「これが返信だが、異存はないかね」

と、一枚のノートを破いて、ペン書きの楷書の一文を読みあげた。

返書は、同じような方法で、陣地の南方に投擲しておくように記されてあった。

『ワガ井坂挺身隊ハ貴将軍ヨリノ厚誼アル書状ニ感謝ス。シカレドモ、ワガ隊ハ、貴軍ノ申シ入レニ従ウコトノデキヌ事情ヲ持ツモノトシテ、攻撃ヲ受クレバ、イズレノ軍ヲ問ワズ、邀撃シテ戦闘ヲ交エザルヲ得ヌコトヲ、ココニ謹ンデ返信スル』

わざと階級を書かず井坂挺身隊長とのみ署名した。隊員たちにはそれが、井坂隊の生存兵力の数を秘匿する隊長の策ではないのかと考えられるのだった。

「結構ですとも隊長、だれとでもやりましょう。どうせ、生きて還ろうと思う身じゃあなし、はじめっから決死隊と命名したくらいですものなあ」

小柳軍曹が答えながら、相手の指示に従って陣地外へ出ると、力いっぱい南方に向かって返書を投げた。

たぶん、農夫か何かに変装した密偵が、これを拾いにやってくることも疑いなかったのだ。

「まるで、鳥居強右衛門みたいですね」

何を思い出したのか、三津伍長が、そんなことをいいながら笑った。

「全くな、これが昭和二十年の近代戦とは思われないな」

深沢軍曹も相づちをうちながら、大きく笑うのだった。

（うちの隊長は、ひどく新しいところがあるかと思うと、まるで、戦国時代の古武士のおもかげをもってる人だな）

朝井伍長が三津伍長にささやきかけていた。

すると、突然、井坂少尉がだれにいうともなく、

「こういうかたちの戦闘は、これで終わりだな」

井坂挺身隊長は壕内の自分の部屋へはいった。

広島と長崎に新型爆弾が投下されて戦争が終結したことを少尉は知らなかった。しかし、次にもし起こるかもしれない第三次世界大戦の時代にはボタン一つの戦いになること、ボタン一つで戦いが終わり、全人類の滅亡を意味するような恐ろしい戦争に変貌するだろう、と、ある空想科学小説を読んだ記憶があり、士官学校時代、兵器革新の未来についても習ったことがあった。

名将も名参謀もいらなくなる。ボタンを押す技術伍長でいい、兵長でもいい、あるいは狂

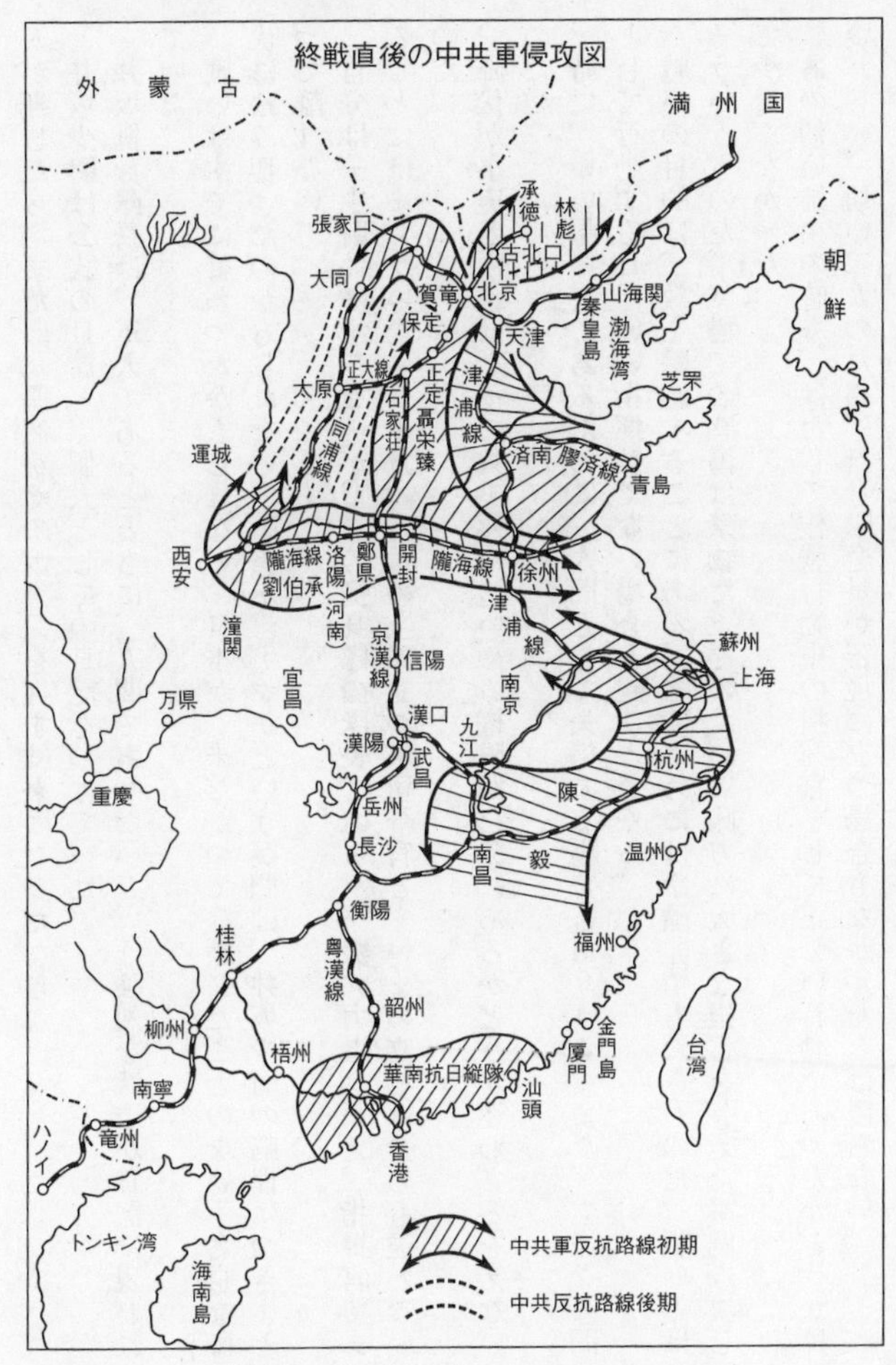
終戦直後の中共軍侵攻図
外蒙古
満州国
朝鮮
承徳
林彪
張家口
古北口
大同
賀竜
北京
山海関
秦皇島
渤海湾
保定
天津
正大線
正定
太原
石家荘
聶栄臻
津浦線
芝罘
同浦線
運城
済南
膠済線
青島
西安
隴海線
洛陽
鄭県
開封
隴海線
徐州
劉伯承
(河南)
潼関
津浦線
京漢線
信陽
蘇州
上海
南京
宜昌
万県
漢口
九江
漢陽
武昌
杭州
重慶
岳州
陳
長沙
温州
南昌
毅
衡陽
福州
桂林
粤漢線
韶州
金門島
柳州
梧州
厦門
台湾
華南抗日縦隊
汕頭
南寧
竜州
ハノイ
香港
トンキン湾
海南島
中共軍反抗路線初期
中共反抗路線後期

人が押したら、または、偶然がそのボタンを押す結果になったなら。

井坂少尉は公式の日誌と、個人としての日記をつけていた。

井坂挺身隊長は、軍人であるとともに、人間でありたいという強烈な意志が日記に現われていた。

戦いはすでに終わったかもしれない。日本が、未だかつて経験したことのない不名誉な降伏に踏み切ったのかもしれない。事実か、デマかという疑問は、井坂少尉の脳裡につきまとって離れない。

自分は一少尉にはすぎないが、この挺身隊の隊長である。小数兵力とはいえ、指揮官であることにはまちがいない。十万の将兵の上に立つ軍司令官と、いまの立場は少しも違わないのだ。

降伏が事実とすれば、その兵を死に追いやる権限が自分にあるかどうか迷わざるをえないのだ。

時に、いい指揮官であるために、人間として失格する場合もありうる。また、立派な人間として行動する日、いい指揮官でない場合も起こってくる。

戦いの目的は、敵を撃滅することにある。そのためには冷酷非情もつきものだ。戦いとはそういうものだ。戦場での感傷は禁物だ。そのために味方に大きな損害を与えた事例は決して少なくなかった。

あの幼い姉弟の時も、はたして作戦行動中の指揮官として正しい行動であったかどうかは疑わしい。幼い二人のため、挺身隊全員が苦境に立つ場合もなかったとは限らない。

手をかけて殺さなくとも、あのまま見すごすことの方が指揮官としてはとるべき道であったのかもしれない。

いくら幼くとも、五歳の姉と四歳の弟の口から、兵数や、兵器の数を聞き出せないこともないだろう。兵器は、それに似た実物を示して、巧みに訊問すれば、井坂挺身隊の作戦内容は別としても、その全貌をつかむことができるだろう。

人間としては正しいかもしれない。しかし軍人として指揮官として、あの行動が正しいかいなか、にわかに判定することはできないような気がするのだった。

あの幼児の一件でさえ、これだけの疑問が浮かんでくるのだ。国府からの投降勧告を拒絶したことは正しいのだろうかと、井坂少尉は反省してみるのだった。

『おれは、ここで何を目標に防衛しようとしているのか』

防御には必ず前提条件がいる。ここを脱出して日本軍陣地へ帰投することは、まず、不可能とみていい。四方八方、国府軍あるいは中共軍の包囲の只中にあるからだ。

友軍の背後を守るための持久防御でもなく、また、友軍の戦勢を有利に導く、犠牲のための決戦防御でもない。ただ、全滅の時期を多少、延ばしているにすぎないのだ。

『おれは、はたして指揮官として正しいことをしているのだろうか』

考え込んでいるところへ、深沢軍曹がはいってきた。

「隊長、どうかしたのですか」

「う、いや、ちょっと考えていたんだ」

「何をですか」

軍曹の目がやわらかく光っている。

「おれは間違っているんじゃあないかと思ってね」

「書簡のことですか」

「あれが事実とすれば、おれ一人は別として、兵隊を戦闘に追い込むのは間違っていないかと考えたのだ。全滅は時の問題なのだからね」

「隊長、水臭いな。みんなよろこんで死ぬ気でいるんですぜ。かりに生きられるとしてですよ、国府軍にしろ、中共軍にしろ、やっぱり兵隊として使うにきまってます。日本人が日本のために戦うのはわかりますがね、中共軍について国府軍と戦闘する。国府軍側に走れば中共軍と戦わなけりゃあならない、どっちへついても同じことでしょう。さっきも全員で話しあって、すっきりしたところですよ。意志の統一という奴をやりましてね、全員ここで弾丸のある限り戦って全滅しようとね。あまりむずかしく考えることあありませんよ」

井坂少尉は部下の気持ちをありがたく思った。こんな場に当面して、うぬぼれかもしれないが、他の小隊は、こんなふうにうまくゆかないような気がする。

「ただ、第二大隊が、どうなったか気がかりなんだ。道に迷ったのはおれの責任だからな」

「しかしですね、隊長。あんなふうに、どっちか知らんが、敵が現われちゃあ、迂回するより方法はなかったですよ。ぶつかってりゃあ、間違いなく全滅していますよ」

これも正しかったかどうか、戦局が収まって後になってみなければわからない問題であると思われるのだった。

最後の決意の日

井坂挺身隊長の返信が王豁然師長の手もとに届いたかどうか。ちょうどその時期に中共軍の反攻が熾烈になり、国府軍は、さらに南西部へ後退を開始し、兵力を恃んだ中共軍は、これを急追したのである。

したがって、この防塞の周辺は、ふたたび、中共軍の諸部隊で埋められたのであり、国府軍からの呼びかけは、王豁然将軍の密書が最後となった。

無電による友軍の呼び出しは、初めから失敗に終わり、国府軍との交信は、中共軍の電信部隊によってすべて妨害される結果となったのだ。

だが、中共軍の無電機のため、中共軍からの呼び出しはうるさいほどであった。すべて、武装を解き、現防塞を無傷のまま引き渡せという要求に終始していた。

最後の決意の時がきたらしく、井坂挺身隊長には思われるのであった。

ついに、期限をきって、防塞を放棄して出ろと要求してきたのだ。だが、かれらも、ここを、そう簡単には砲撃しなかったろう。なぜなら、相当強力な重砲の集中攻撃以外効果もなく、もし、それを敢行すれば、この火薬庫・弾薬庫の膨大な貯蔵量を、自分たちの手で失うことになるからであった。

中共軍はこんなふうに恫喝してきたのである。

『中国ノ真ノ主人ハ中国共産党デアリ、毛沢東デアル。抵抗ヲ熄メテ投降セヨ。東北ノ関東軍ハソ連軍ノ武装解除ヲ受ケ、総軍司令官以下五十数万ガ捕虜トナッテイル。中国デハワガ軍ガ正式ノ受降官、降伏ヲ接受スルコトトナッテイル。蔣介石ノ国民政府ハ偽政府、偽軍デアル。諸官ハ漢奸政府ニ投降シテ、戦犯トナルナ』

国府の申し入れも拒否はしたが、最終的結果は、国府と協同戦線を張って中共軍と交戦する事態に陥ってしまっていた、ということに、今さらながら気づいた井坂少尉であった。

井坂挺身隊長は生存部下二十五名をひきいて、この堅固な防塞を楯に、敵の膨大な火力を逆用して、弾丸の尽きるまで抵抗し、玉砕しようと決意していた。

国府軍の要請を容れ、この防御陣地へ国府軍をひきいれ、ここを反撃の拠点とした場合、中共軍の反攻をくいとめ、国・共の戦局をどの程度有利に導くかは、井坂少尉にも予測することはできなかった。

だが、局地的に、相当長期にわたって阻止することは可能だと考えられるのだが、ただ、国府軍の指揮下にはいった場合、また、自分の指揮下に国府軍将兵がはいった場合、理想的な作戦行動はできないように思われるのだった。

国府軍は、復員とはいうものの、さきに傍受した無電から察して、

『ワガ受降官ノ指示ヲ受クベシ』

という一句は、受降官が日本将兵を、国府軍の一部として、戦陣に出さないという保証もなく、むしろ、出したい、出すというふくみさえある文意のように思うのだった。

中共軍ははっきりと武器を出せといっている。兵器はそのまま利用して、兵員は、また、兵力の不足の補いとすることは明らかであろう。中共軍の場合は、兵員は労働力として、消

耗品としての利用度が高いのではないかと、井坂少尉は判断していた。

『拒ムモノハ容赦ナク撃滅スベシ』

と朱徳は厳命している。

しかも、ここで対峙(たいじ)している中共軍には、この命令のかくされた意志、容赦なく即刻というふくみが感じられるのであった。

王豁然師長の最後の勧告に従えば、この二十五名は復員できたかもしれない。だが、これが、運命のようなもので、必ずしも、その判断が実現したかどうかはわからない。

しかし、平安な船旅のあと、戦い終わった故国日本へ帰ることができたかもしれないという想像は、井坂挺身隊長の心を苦しめつづけていた。

(おれが、かれらの幸福を阻止したのではないか)

詫びたい気持ちだったが、

(また、また……隊長)

水臭いとか、他人行儀だとか一蹴しかねない隊員ばかりだと気づくのだった。

中共軍は、この防塞の防御価値を高くかっているに違いない。ここを犠牲にしたくないに違いない。あくまで、抵抗の意志を示せば、後方の重砲陣地から、十榴、十二榴、十五榴の集中砲撃を加えざるをえなくなるであろう。

こちらは、鹵獲(ろかく)の重機関銃や擲弾筒(てきだんとう)、迫撃砲ぐらいで、射程外の、目に見えない敵の砲兵陣地にいたずらに無駄弾を射つにすぎない。

遠巻きにして糧道攻めという手もある。結局、前提条件のない防御戦に意地を張っているおれなのだと、井坂少尉は忸怩となる。戦闘の主導権は、こちらにはなく、向こう側にあった。

井坂挺身隊長は、ある決意を秘め、かためていた。

だれかのいった楠戦術だった。敵は砲撃のあと、必ずここを奪取しようと兵を防塞に突入させてくる。敵が火力の掩護砲撃をはじめる直前、重火器類、ダイナマイトなどをひそかに陣外へ運び出して、防塞に近づく敵の後方を逆に包んで、弾丸の尽きるまで戦いつづけてやろう。

敵の歩兵部隊は、砲撃前にはこの地域には進めない。

思ったとおり、敵は、総攻撃を予告してきた。その時刻前に、陣地に白旗を立て、無電で呼び出せと要求してきたのであった。

墓碑銘なき部隊

敵が予告した攻撃の二時間前になると、掩壕陣地の北方、山腹付近から、突然、対敵宣伝用のロード・スピーカーがうなりだした。

『われわれは中共軍の第一線で民族解放戦を戦いつづけている日本人だ』

中国人の日本語とは思えない。

挺身隊員は守備位置についているものまでいっせいに耳を傾けた。井坂挺身隊が占拠しているこの完璧な掩壕陣地とは全く違うが、このあたりの地形は、樹林や、岩石が、凹凸起伏のはげしい風土自体が、理想的な掩蔽部をそこここにかたちづくっていた。

現に、井坂挺身隊が、この陣地を奪取したのも、こうした地形を巧みに利用して、この陣地に突入することができたのである。

「歩哨は注意を怠るな」

深沢軍曹が声を大きくした。

スピーカーの方に気をとられているうちに陣地内に突入する策かもしれないと思ったからである。

陣地はそれほど広いとはいえないが、攻めるにかたく、守るにやすい地形と堅固さをもっていた。地形を利用したこの土地の旧軍閥が、幾度も構築し直して、きょうのこの掩壕陣地をこしらえたものであったろう。

自然の塹壕に人力を加えたこの陣地は、空から俯瞰するにしても、樹林の中で発見しにくく、つぶすためには、数十門十榴以上の砲撃を間断なく何日か加えなければならなかったろう。

食糧の貯蔵がどれだけ保つかわからないが、飲料水は、陣地内に深い井戸が二つあったのだ。

よほどの損害を覚悟しなければ、この陣地を奪回することは困難だった。ではあるが、軍曹は、敵の潜入をおそれたのだ。敵は兵力も多いが、できるなら無傷で、陣地と、数は不明ではあるが日本軍をそっくり自分の方へいただきたいのだ。

だが、こんどはウソでなく総攻撃を加えてくるだろう。井坂決死隊は、手もちの兵器弾薬、敵の残置した弾薬とを射ち尽くして玉砕するつもりだが、中共得意の人海作戦で、無限に兵力を投入するに違いない。決死隊の兵隊たちは、その数を予想して、敵の戦死を一支隊ぐらいというものと、一縦隊というものとある。

戦争なのだ。相手が総攻撃を予告どおり実施するかどうか、他の策を考えるか、それはわからなかった。

スピーカーからは宣伝文句が鳴りつづけていた。

『諸君のうちに東京出身者はいないか？』

東京弁の男に替わったと思うと、つぎつぎとお国なまりの声に替わってゆくのである。

『大阪のひといいへんか』

『信州の人は？』

『千葉県人は……』

ふたたび、もとの声に戻ると、

『私は、軍分区政治処の日本人政治幹事です』

といわれてみても、中共軍の組織編成は井坂隊の隊員にはわからなかった。

『われわれは選ばれて諸君の陣地へ突入する。攻撃の前に投降せよ、これが最後のチャンスである。攻撃部隊の第一陣は、諸君と同国人、ある同郷人かもしれない日本兵を立てる』

スピーカーは、ヒタとやむと、あたりは急にしーんとした。きいていた井坂挺身隊長の心臓は、そのまま凍りつくかと思った。

全滅を賭して戦うことに、井坂少尉も、部下全員、少しの恐れも感じていない。だが、日本人部隊同士の射ち合いができるか？

今となっては投降はもちろんできない。現に、捕虜なのか、中共の思想にひかれて身を投じた男たちなのか、それは井坂少尉にはわからなかったが、第一線に立てて戦わされようとしているのは、まぎれもなく日本人であった。

この陣地も少数で警備していたのは中共兵だった。もし日本人を信じているなら、ここの守備につかせるのは日本人でもよかったはずではなかったのか。疑ってかかっている。犠牲部隊である。後方の中共軍が督戦しているのではないか。

自分は日本人政治幹事だと名のった男は日本人かどうか、かれはおそらく陣頭には立たないだろうと、井坂少尉は考えるのだった。

日本人を相手に井坂挺身隊は戦えない。と、井坂少尉は決心した。

たった今、事情が百パーセント変わってしまったからである。この陣地をとるために戦死した部下のためにも、あくまでも自分ひとりは投降できない。

（一少尉にすぎなくとも、いやしくも自分は井坂挺身隊長であり、指揮官である）

井坂少尉は、ミイトキーナを敵の手に渡し、ひとり自決した水上少将の悲壮な最後を思い浮かべた。

腕時計をチラと見てから、井坂挺身隊長は目をつぶった。任務についていない兵は井坂隊長をかこむような位置に座って、井坂少尉を凝視していた。

「各砦にダイナマイトを仕掛けよ」

井坂少尉は、命令を下しておいて、下士官を自分の部屋に集めたのだ。

「きいたとおり、これが最後の機会だ。しかしおれはここで自決する。日本人とわかって射ち合うことは、おれにはできない」

血で血を洗う、国・共の戦いを目のあたりに見ている井坂には、戦うことも、投降することもできなかったのだ。投降すれば、やはり第一線に立たされ、国府側の日本人部隊と戦わされ、あるいは、井坂隊のように、どこかの地区に残存しているかもしれない日本軍と戦わなければならないかもしれない。

井坂挺身隊が連絡不能に陥ったため、第二大隊主力も、現在井坂隊の立たされているような苦境に立たされているのではないかと考えるとき、井坂少尉は、自分の肉体を斬り裂かれるような思いに打たれるのだった。

(部下だ、この部下をどうしよう)

自決を強請することなどできなかった。といって、部下に降伏しろということもできない。指揮官としてではなく、人間としてであった。もし、降伏したら、今、向こう側で、ここに総攻撃をかけようとしている日本兵同然の運命に追いやることになる。だが、彼らの運命は彼ら自身に選択させるのが正しいことに違いなかった。

「諸君は、自由にしてくれていい、相手が日本人部隊であることに間違いはないからな」

井坂の顔を穴のあくほど瞶めていた深沢軍曹が、

「隊長、あんた、まだ、そんな薄情なことというんですか」

小柳軍曹も、あとをひきとると、

「今さら、水臭いこといわんで下さいよ、戦うだけ戦ったんだ」

「戦うんじゃあないからだよ」

「自分のいいたいこともそれです。これ以上、中国人だって殺したくはないですよ、まして、千葉県人はいないか、大阪のひといいへんか、なんて……とても、自分にも日本人同士の射ち合いなどまっぴらです。隊長はひとりで陣地を吹っ飛ばして自決されるつもりでしょう。そんな薄情な人とは思わなかったですよ」

「わかった。しかし、三津伍長や、朝井伍長はどうなんだ」

「どうなんだって、いやだなあ、隊長」

「そうか、ありがとう。ところで、くどいようだが、あとの兵隊の気持ちもきいてきてくれないか」

深沢軍曹と小柳軍曹が、藤野、朝井、三津伍長に、各砦の兵隊の意志をきいてくるよう命じながら、

「隊長は二人で見張っているからな、この人薄情だから、おひとりきりで、さっさと旅立たれちゃあ、おれたちはやりきれんからな」

深沢軍曹が冗談めかして、三人の背中にこんなことをいった。

「まさか……みんなを出し抜いて切腹するなんてことは、おれにはできないよ」

石井一等兵はいりますッと、すっかり隊内生活に戻った調子の兵隊たちであった。

「爆薬装塡終わりました」

おお、ちょうどいいところへ来た、戦闘は中止になったが、お前はどうする、降伏してもいいんだぜ。と深沢軍曹は石井一等兵に話しかけると、石井一等兵は、

「降伏って何のことです。教えてもらえませんか」

「からまるなよ、お前はどうするってきいているんだ」

「軍曹どのは、白旗を立てて万歳をしながらこの陣地をおりてゆかれますか、いい格好でしょうね」

「おい、悪かった。からかうのはやめてくれ」

「軍曹どの、班長たちが、ツルシ上げをくっていたのはそのことですか」

「へえ、つるし上げをくってたって？」

「そうです、もし上官たちがひとりがってんなことをしたら、そのお方たちに向かって突撃を開始するっていう話です」

「それだけはかんべんしてくれ、日本軍の突撃はこわいからな、頼むよ」

井坂少尉は、監視付きではかなわん、外へ出ようと、つれだって部屋を出ると、隊長室の前に生存者全員が集まってきた。小柳軍曹が、

「なあ、みんな、こんなしっくりいった小隊って珍しいものな」

すべてに対するこれが挨拶のようなものであった。

用意は万全であった。敵の総攻撃開始まで約一時間二十分ほどあった。

小さくはあったが、堅固な陣地の三つの砦の地下塹壕の各所には、多量のダイナマイトが仕掛けられた。導火線は電源につながれ、今、井坂隊長たちの座っている前におかれている。

座っている地下は、爆薬と弾薬の集積だった。

スイッチをいれれば、この陣地は、日本軍井坂挺身隊もろとも空に向かって吹きあげるよ

うに処置されたのである。

不測の事態。敵の総攻撃が予定時間よりも早められるか、あるいは、ひそかに潜入しようとする気配がみられた時、応戦すべく、今までどおり銃眼には敵から鹵獲したチェコ機関銃が敵侵入方向にすえおかれていた。

敵は、突撃の前に、まず砲撃を加えてくるだろう。後方に、砲兵陣地があるとすれば、砲撃からはじめられ、陣地の周辺の敵は、重、軽迫撃砲の攻撃のあと、陣地を奪回するための白兵戦に、日本兵を立ててくるに違いなかった。

この陣地の相貌をみると、擲弾筒でもない限り、下方から投擲することは困難であった。敵も、もちろん、この掩壕陣地の内外を知っているはずである。白兵攻撃が、どのくらいの損害を出すか計算ずみと思ってよかった。

援護砲撃は相当激しいものと考えてよかった。

「爆破は敵の総攻撃の三十分前にきめる」

かりの住まいであった。片づけるものは、何もなかった。戦闘詳報も、公式日誌、井坂少尉の個人の日記、各兵員の私物、日記、すべて、時間がくれば一片の灰になるはずであった。

待つばかりであった。

小柳軍曹が、

「おれの好きな歌を唄わしてもらっていいかい」

突然、そんなことをいいだすと、小学生のころの思い出の歌を唄いはじめた。

〽一の谷の…いくさ敗れ…

討たれし平家の…公達(きんだち)…哀れ

もし、この唱和が敵の耳にはいれば、投降前の別離の宴であると信じたに違いあるまい。

腕時計を見ていた井坂挺身隊長は、軍曹以下を瞶(みつ)めると、

「長いあいだ世話になった。ありがとう」

と言葉短く、心からの礼を述べた。

小柳軍曹が挺身隊を代表して、

「隊長、今さら泣かさんで下さい。お礼はこっちから言わせてもらわにゃあ。それより、爆破のスイッチは隊長が押して下さい」

一七五七、一七五八……一七五九……一八〇〇。

井坂挺身隊長は落ち着いた手つきで力づよくスイッチを押した。

突然、休火山が中天に火を吐いたかのようなすさまじい火炎の太い柱とともに、大地が吠え、うめきをあげた。ダイナマイトの爆破によって、弾丸、火薬、引火性物質の誘爆の轟音は地軸をゆるがしたのだ。

兵器や人体は粉々に砕かれ、その粉砕された人骨、鉄片、木切れ、トーチカの壁土、砂礫は、火と黒煙にまじって、上空に吹きあげられた。一度、空高く吹きあげ、巻きあげられた

唸(うな)る黒い爆風は、ふたたび、スコールのように地上に向かって、あたかも、砂嵐の竜巻きが砂丘に吸い込まれるように落下し、降り注ぎ、あたりをおおった。

あとがき

モリソンの米海戦史のなかに、ビスマルク島沖においてアメリカ軍が日本の七隻の輸送船団を撃破したあと、飛行機と快速艇が一日じゅう、あらゆる兵器を用いて、泳いでいる日本人七千名を殺戮した事実が詳述されている。そして『それはまったく目を掩わしめる光景であった。日本兵が降伏をしないで陸に泳ぎつき、兵備強化するのを防ぐために止むを得ない軍事措置であった』と書いている。

戦争の場合、勝利者にとって「軍事的措置」という一語は、いかなる非道をも公認する切り札である。しかし、これは国際法違反であり、ジュネーブ条約規定違反でもあり、また、アメリカの戦争法規にもとる行為であったといえるだろう。

しかし、戦争は非情冷酷な現実である。『軍ノ主トスル所ハ戦闘ナリ故ニ百事皆戦闘ヲ以テ基準トスベシ而シテ戦闘一般ノ目的ハ敵ヲ圧倒殲滅シテ迅速ニ戦捷ヲ獲得スルニ在リ』(作戦要務令綱領第一条)戦いは勝たなければならない。勝つためには、いかなる無残、非人道も許されるのであろうか。

戦争において統帥は常に人権に優先する。ここに描いた二篇は、いずれも、戦いの中の非情酷薄な様相を描いた。戦いがなければこれらの人びとも、このような酸鼻を極めた運命の中におかれ、そして死んでゆくこともなかったであろう。私は、この真実の挿話の集積のなかに、ヒューマニズムの片鱗を拾いあげたいと思った。それは、必ずしもわが軍だけではなく、敵としてたたかった中国軍の中にも実在した心あたたまる人間性を伝えたいと思ったのである。

戦記のむずかしさは戦史を書くより以上であり、かつ興味の深さもより以上であると思う。木を見て森をみずの諺のように、戦闘をつづけているものにとって敵の真の姿、戦いの全実相を把握することは非常に困難なものである。

戦記の面白さは、人間性の極限を露呈するからである。戦場の人間の心理を探求することは、机に向かって事務をとるのと違い、いつも死に直面し、勝って生きのびようともがく姿の中に、平時の人間には考えも及ばない心の動きが発見されるからである。

戦記は今までも書いてきたが、これからも書きつづけるつもりである。統帥と人間性の相剋するさま、非情なる現実の中から、ヒューマンな事実と、異域でたたかう人びとの望郷と憂愁をさがし出すということを、戦記に対する私のテーマとしたいと思っている。

文中挿入の地図の大部分は、防衛庁戦史室から借用、内容の正確を期するため、防衛庁戦史編纂官・稲葉正夫氏、不破進氏、その他の諸氏の助力をわずらわしたことを感謝する。

昭和三十八年七月六日　著　者

単行本　昭和三十八年八月「蒼い黄土」改題　番町書房刊

NF文庫

井坂挺身隊、投降せず　新装版

二〇二〇年一月二十四日　第一刷発行

著　者　楳本捨三

発行者　皆川豪志

発行所　株式会社　潮書房光人新社

〒100-8077　東京都千代田区大手町一-七-二

電話／〇三-六二八一-九八九一(代)

印刷・製本　凸版印刷株式会社

定価はカバーに表示してあります

乱丁・落丁のものはお取りかえ致します。本文は中性紙を使用

ISBN978-4-7698-3152-5　C0195

http://www.kojinsha.co.jp

NF文庫

刊行のことば

第二次世界大戦の戦火が熄んで五〇年――その間、小社は夥しい数の戦争の記録を渉猟し、発掘し、常に公正なる立場を貫いて書誌とし、大方の絶讃を博して今日に及ぶが、その源は、散華された世代への熱き思い入れであり、同時に、その記録を誌して平和の礎とし、後世に伝えんとするにある。

小社の出版物は、戦記、伝記、文学、エッセイ、写真集、その他、すでに一、〇〇〇点を越え、加えて戦後五〇年になんなんとするを契機として、「光人社NF（ノンフィクション）文庫」を創刊して、読者諸賢の熱烈要望におこたえする次第である。人生のバイブルとして、心弱きときの活性の糧として、散華の世代からの感動の肉声に、あなたもぜひ、耳を傾けて下さい。

＊潮書房光人新社が贈る勇気と感動を伝える人生のバイブル＊

NF文庫

三号輸送艦帰投せず　苛酷な任務についた知られざる優秀艦
松永市郎
制空権なき最前線の友軍に兵員弾薬食料などを緊急搬送する輸送艦。米軍侵攻後のフィリピン戦の実態と戦後までの活躍を紹介。

どの民族が戦争に強いのか？　戦争・兵器・民族の徹底解剖
三野正洋
各国軍隊の戦いぶりや兵器の質を詳細なデータと多彩なエピソードで分析し、隠された国や民族の特質・文化を浮き彫りにする。

戦艦対戦艦　海上の王者の分析とその戦いぶり
三野正洋
人類が生み出した最大の兵器戦艦。大海原を疾走する数万トンの鋼鉄の城の迫力と共に、各国戦艦を比較、その能力を徹底分析。

海軍戦闘機物語　秘話実話体験談で織りなす海軍戦闘機隊の実像
小福田晧文ほか
強敵F6FやB29を迎えうって新鋭機開発に苦闘した海軍戦闘機隊。開発技術者や飛行実験部員、搭乗員たちがその実像を綴る。

サムライ索敵機敵空母見ゆ！　予科練パイロット３３００時間の死闘
安永　弘
艦隊の「眼」が見た最前線の空。鈍足、ほとんど丸腰の下駄ばき水偵で、洋上遙か千数百キロの偵察行に挑んだ空の男の戦闘記録。

写真　太平洋戦争　全10巻　〈全巻完結〉
「丸」編集部編
日米の戦闘を綴る激動の写真昭和史——雑誌「丸」が四十数年にわたって収集した極秘フィルムで構築した太平洋戦争の全記録。

＊潮書房光人新社が贈る勇気と感動を伝える人生のバイブル＊

ＮＦ文庫

戦前日本の「戦争論」
北村賢志
「来るべき戦争」はどう論じられていたか
太平洋戦争前夜の一九三〇年代前半、多数刊行された近未来のシナリオ。軍人・軍事評論家は何を主張、国民は何を求めたのか。

幻のジェット軍用機
大内建二
新しいエンジンに賭けた試作機の航跡
誕生間もないジェットエンジンの欠陥を克服し、新しい航空機に挑んだ各国の努力と苦悩の機体六〇を紹介する。図版写真多数。

わかりやすいベトナム戦争
三野正洋
アメリカを揺るがせた15年戦争の全貌
インドシナの地で繰り広げられた、東西冷戦時代最大規模の戦い――二度の現地取材と豊富な資料で検証するベトナム戦史研究。

気象は戦争にどのような影響を与えたか
熊谷　直
雨、霧、風などの気象現象を予測、巧みに利用した者が戦いに勝つ――気象が戦闘を制する情勢判断の重要性を指摘、分析する。

重巡十八隻
古村啓蔵ほか
技術の極致に挑んだ艨艟たちの性能変遷と戦場の実相
日本重巡のパイオニア・古鷹型、艦型美を誇る高雄型、連装四基を前部に集めた利根型……最高の技術を駆使した重巡群の実力。

審査部戦闘隊
渡辺洋二
未完の兵器を駆使する空
航空審査部飛行実験部――日本陸軍の傑出した航空部門で敗戦までの六年間、多彩な活動と空地勤務者の知られざる貢献を綴る。

＊潮書房光人新社が贈る勇気と感動を伝える人生のバイブル＊

NF文庫

ロッキード戦闘機
鈴木五郎
〝双胴の悪魔〟からF104まで
スピードを最優先とし、米撃墜王の乗機となった一撃離脱のP38の全て。ロッキード社のたゆみない研究と開発の過程をたどる。

Uボート、西へ！
エルンスト・ハスハーゲン 並木均訳
1914年から1918年までのわが対英哨戒
艦船五五隻撃沈のスコアを誇る歴戦の艦長が、海底の息詰まる戦いを生なましく描く、第一次世界大戦ドイツ潜水艦戦記の白眉。

日本海軍ロジスティクスの戦い
高森直史
物資を最前線に供給する重要な役割を担った将兵たちの過酷なる戦い。知られざる兵站の全貌を給糧艦「間宮」の生涯と共に描く。

インパールで戦い抜いた日本兵
将口泰浩
あなたは、この人たちの声を、どのように聞きますか？ 第二次大戦を生き延び、その舞台で新しい人生を歩んだ男たちの苦闘。

陸軍人事
藤井非三四
その無策が日本を亡国の淵に追いつめた
年功序列と学歴偏重によるエリート軍人たちの統率。日本が抱えた最大の組織・帝国陸軍の複雑怪奇な「人事」を解明する話題作。

戦場における34の意外な出来事
土井全二郎
日本人の「戦争体験」は、正確に語り継がれているのか――失われつつある戦争の記憶を丹念な取材によって再現する感動の34篇。

＊潮書房光人新社が贈る勇気と感動を伝える人生のバイブル＊

ＮＦ文庫

大空のサムライ 正・続
坂井三郎

出撃すること二百余回——みごと己れ自身に勝ち抜いた日本のエース・坂井が描き上げた零戦と空戦に青春を賭けた強者の記録。

紫電改の六機 若き撃墜王と列機の生涯
碇 義朗

本土防空の尖兵となって散った若者たちを描いたベストセラー。新鋭機を駆って戦い抜いた三四三空の六人の空の男たちの物語。

連合艦隊の栄光 太平洋海戦史
伊藤正徳

第一級ジャーナリストが晩年八年間の歳月を費やし、残り火の全てを燃焼させて執筆した白眉の〝伊藤戦史〟の掉尾を飾る感動作。

英霊の絶叫 玉砕島アンガウル戦記
舩坂 弘

全員決死隊となり、玉砕の覚悟をもって本島を死守せよ——周囲わずか四キロの島に展開された壮絶なる戦い。序・三島由紀夫。

『雪風ハ沈マズ』 強運駆逐艦 栄光の生涯
豊田 穣

直木賞作家が描く迫真の海戦記！ 艦長と乗員が織りなす絶対の信頼と苦難に耐え抜いて勝ち続けた不沈艦の奇蹟の戦いを綴る。

沖縄 日米最後の戦闘
米国陸軍省 編
外間正四郎 訳

悲劇の戦場、90日間の戦いのすべて——米国陸軍省が内外の資料を網羅して築きあげた沖縄戦史の決定版。図版・写真多数収載。